治疗抑郁、焦虑。

24岁以下 增加自杀风险

NC … O … CH_2—N—CH_2 $\quad CO_2H$ / CO_2H

分子量414.

3-二甲氨丙基

3-二氢异苯并呋喃

5-腈苯碳腈

4-氟代苯基

含氟且有抗抑作用

5mg ⊕ 1/4 1.25mg 小半一片

[illegible]

[illegible]

QT间期 | QTC 延长 4.3 ms

[illegible] 小剂量 [illegible]

CYP 2C19

樂府

·

心里满了，就从口中溢出

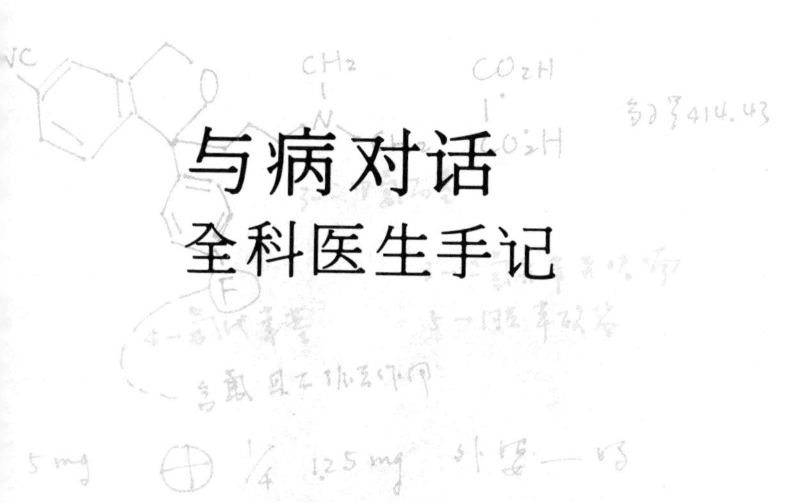

与病对话

全科医生手记

胡冰霜 著

北京联合出版公司
Beijing United Publishing Co.,Ltd.

1996年，我获得华西医科大学医学博士学位。

胡冰霜，华西医科大学医学博士，复旦大学预防医学博士后，四川大学心理学教授、硕士生导师。曾任华西医院精神科医生，先后至摩洛哥、摩尔多瓦、美国、保加利亚、蒙古国等国从事全科医学的学习与实践，并担任“中英性病艾滋病防治合作项目”专家。著有《变态心理学》《儿童智商》《诗意书画》等，译有《现象学和拉康论精神分裂症》等。

在蒙古行医时，我结识了同仁洛夏——一个把手术做成艺术的医生、一个春天般温暖的人。将这幅怀念的小画放在开篇，希望能从另一个维度去寻找医学和艺术、医学和人本身之间的关系。

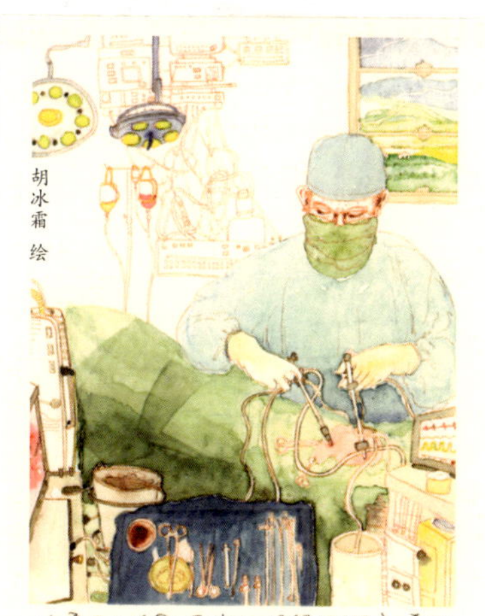

洛夏医生（Dr. Rusher, 1947-2010），美国堪萨斯州人，曾供职于袁古国第一中心医院。

目录

二

路上

三 人间

自序

一个医者行旅的原点

1969年一个深秋的夜里，突然听到有些喧闹，原来是父亲回家来了。他拄着双侧腋杖，行走时拐杖敲击着水泥地面发出“咣咣咣”的声音，有点儿夸张。他那时正在四川渡口（今攀枝花市）米易县湾丘“五七”干校劳动，犁田时不慎被水牛踩伤了左脚背，发生了骨折。当时，成昆线还没开通，周围有些地方似乎还在搞“武斗”，交通不畅。于是，他绕道渡口、贵阳北行，辗转了好几个星期，终于回到了成都。父亲在途中可能广泛搭载了各种交通工具，如小舟、渡船、鸡公车、板板车、拖拉机、客车、货车等，他的外衣和帆布旅行包上都显出风尘之气。

西医为父亲照了 x 光片子，说他的骨头没有对位好，但伤后已经一个多月，也不便再手术，只能等它慢慢地长好。又看中医，说是“伤筋动骨 100 天”，要严格按跌打损伤来治疗：一要天天用中药煎水来洗脚；二是洗完脚后，在脚背上裹一块巴掌大的药膏，里面是清油调匀的中药粉末；三得喝药酒来舒筋活血。那段时间，父亲喜欢与大家喝点儿酒，现在要辅以药酒来治疗，显然是他很乐意的。一时间，家里弥漫着中药、药酒的味道，纱布、绷带在晾衣杆上随风飞舞。家中还备有银针，他偶尔也做做针灸。

父亲喜欢看书，家中因此堆了很多书，如《六次危机》《田中角荣传》《多雪的冬天》《安娜 · 卡列尼娜》等，我也趁机沾沾光。父亲身高 1.89 米，拄着双拐走路时步子很大。我因为常常陪着他散步，步调渐渐与他有些相仿，结果被班上的同学起了一个绰号“懒大步”。

过了几个月，父亲好些了，就将双侧腋杖改为单侧腋杖，再好了些后，又改成一根手杖，后来他就拄着手杖返回了干校。

1971 年的一个深夜，父亲又回来了。他脸色有点儿发黄，这回是染上了肝炎。医生们的意思是，这个病不大好治，只有慢慢地休息调养。于是，父亲开始断断续续地服用“蘑菇片”“谷氨酸片”和各种中药的偏方等。因为骨伤还要继续康复，所以药酒仍然要喝着。在此期间，国家每月补助他白糖票半斤、黄豆票一斤来加强营养。

一天下午，我陪父亲去看病，路过人民公园，看到几个北方人正在耍猴戏。秋阳熙熙，他们个个都光着上半身，下身穿着肥大的灰黑棉裤，高声唱着北方小调，有些苍凉。几只猴子戴着花布头巾，使劲翻跟头、跑步；另一只大猴子的任务是捧着铁皮罐头盒，对着围观的人打躬，一圈下来，终于收获了两个硬币。父亲看了片刻，就低头悄声问我：“拿点儿钱吧？”我有些惊恐：“没有带零钱，只有一张 5 元的（当时父亲的工资是两位数），要去看病的。”父亲有些尴尬，笑笑说：“拿吧，给他们……河南人算是我们半个老乡。”那天余下的时间，我们便只好在街上踟蹰，观望落叶梧桐，一直挨到晚饭时间才打道回府。我觉得父亲很想上去跟他们多说几句话，但他没有。

后来，“五七”干校就结束了。1973年，父亲调到了四川省建工局工作，时常去基层开会、出差。有一阵，他觉得胃口不大好，去医院检查，被诊断为“肝硬化”。

1974年春天，父亲因为黄疸、腹水住进成都的解放军第四十七医院。我就离开了学校，常常在医院里出入，设法买药、送药，记得有白蛋白以及各种中药，如鳖甲、山茱萸、茵陈、金钱草、丹参、冬瓜皮、莱菔子、大腹皮、车前子等。同时，我还给父亲送去衣服、鸡蛋、水果之类。但他的病情一直没有好转，直到秋天都出不了院，而且似乎越来越重了。入冬以后，父亲就常常提起山东老家的情景：鲁西南、大汶河、风雪、平原、一畦土地、一口水井……他甚至觉得，睡睡北方的土炕，身体自然就会好起来。但冬至那一天，他突然咯血，然后昏迷去世。

我从此不向北望。北去三十里，父亲曾在三秋桂子、一湾荷塘、八百罗汉处徘徊。

行医多年后，1990年左右，我在坐诊时偶然遇到一位长辈来开药，他说自己当年在湾丘“五七”干校时与父亲住在一起。最后，他顺口提起：“当时干校有一位李叔叔得了肝炎，隔离起来了，但你父亲还要主动去照顾他，给他送饭，才染上了这个病……这位李叔叔现在身体都还好……”言罢，他目光有些闪烁。我闻之心惊气短。

后来每每想起父亲在四十七医院的时日，我都觉得暗无天日，不堪回眸。直到今天再回首才发现，其实那也不尽是茫茫黑夜，也颇有一些值得感念的事情。

1974年，大家的生活都很艰难。当时，内一科有十来个年轻的护士。我则是个陪伴传染病人的家属、中学生。病房里若偶有空床，我便可以趁机在那里过夜。时间长了，我渐渐与护士们相熟了。她们常悄悄地招手示意，把我叫出病房，赠与饭票，让我去军人食堂打饭吃，还把自己的军用装备——绿色洋瓷碗和不锈钢匙子——借给我用。此外，她们还借给我各种东西：书籍、凉鞋、雨衣、梳子、香皂、雪花膏、板凳、粮票、现金，等等。有时，她们还带我混进军人澡堂去洗澡，把军装借给我穿，包括内衣与外衣，还打趣说："你只差领章和帽徽了。"

在病房值夜班时，她们常常叫我到营房去睡她们的床铺。她们的床单、枕头、被子、蚊帐都是统一的草绿色，被子叠成四方体，见棱见角。唯一彰显个性的是枕巾的图案：梅、兰、竹、菊争奇斗艳。更讲究美学效果的，还要再给枕巾蒙上一块花手绢，洒上些花露水，花香袭人，让营房充分显出闺房的情致。

四十七医院离成都有 15 公里，那时自行车是个很奢侈的装备，偶尔有机会才能骑到。于是，她们趁着些职业之便，千方百计地打探过路车辆的消息，讨好司机，乘机帮我搭上便车。有时天色晚了，她们甚至到公路上去招手拦车，截住南行的车辆，包括客车、货车、拖拉机、吉普车等，让我能返回成都。

后来，我对自己的病人和他们的家属，似乎都没能做到这些，想起来有些惭愧。

内一科还有一位年轻的护士也在住院，她是白血病晚期。深秋的一天中午，她把我叫到花园里，拉住我的手，盯着我的眼睛说：“我先给你讲下哈，你父亲会死的……”言罢，她鼻孔里突然冒出血来。她赶紧捏住鼻子说：“他……他病得有点儿重了，就像我一样。”我从此不再搭理她，侧目相向。

幸好，我似乎也为她们做过些事情：从成都帮她们买过雨伞、钢精锅、水壶之类的东西。我也曾被委派过一件重要任务：帮其中一位护士送交一封情书到成都军区独立师。而收信者——一位年轻英俊的军人——撕开信封，瞄了一眼信瓤子，就顺手丢到了抽屉里，继续与战友聊天。我在窗外恭候了好一阵子，人家也没给个回话。回去向她汇报此事时，我也只好含糊其辞、避重就轻。看她星眸闪烁、欲言又止，估计对我办事的能力颇感失望。

43年过去了，终于记下此事，旨在致谢解放军第四十七医院内一科的护士们，她们其实都很像《红楼梦》里面的姐姐妹妹：清澈、灵性、美丽、宁静……每一位都像。难怪贾宝玉要说“女儿是水做的骨肉”。若天地有情，还望她们能读到此文。当然，也要致谢医生们与其他相关人员。

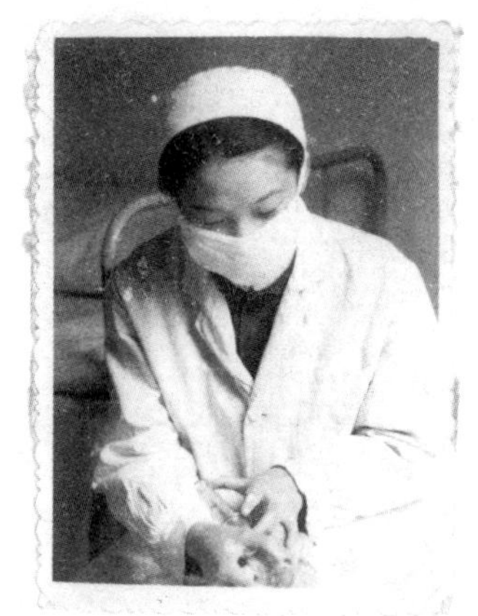

1975年，我在四川省建工医院
做外科护士。

一

身　体

No.1

藏药的精神病人

后来我继续在精神科做了多年医生，对药物的信仰三落三起。

1983 年从医学院毕业时，我觉得精神医学是一个超越、抽象而博大精深的学科，于是决定要做精神科医生。一时间，亲友们大惑不解、一片哗然，有至亲者甚至哭兮兮，以为我误入歧途。我则独行其是，一时间还算是泰然自若。

上班伊始，我在女病房轮转，分管着七八个病人。她们大多数患了精神分裂症，还有一些自杀、自伤、厌食、癫痫、吸毒的病人。我仿佛看到了光天化日下的地狱景象。

一位女病人40多岁，被诊断为精神分裂症偏执（妄想）型。病历上记录着她发病10年来的流水账：她闻到自家厨房水龙头里放出来的自来水有毒气，把水槽都腐蚀了；电灯泡、电话机里有辐射，导致她头昏眼花；她牙齿里被安装了窃听器，连大街上的人都知道她心里头在想什么；电视上也随时有人在说她的坏话、造谣；她走在街上，发现公安局的警车在跟踪自己……这些想法很顽固，她坚信不疑。虽然先后用过氯丙嗪、舒必利治疗，但她的想法丝毫没有动摇。

我们一直联系不上她的单位和家属，也就没有人来探视她。日子过得倒还清静，平日里只要不谈那些受迫害的糟心事，她就安安静静地吃饭、睡觉，当模范病人。

哪知某天上级医生来查房，她又滔滔不绝地说起那些下毒、跟踪的事。结果，医生当即指示："把药渐渐换成氯氮平，看这些幻觉妄想能不能动摇点儿。"就这样，氯氮平陆陆续续地加到了每天12片，300毫克。

她总是无声无息，多少有点儿矜持，每天翻翻书本，看看铁窗外面的荒草绿树。一个面容和身姿如此优雅的女人站在窗前，本身就是一道欧洲古典油画般的风景。

我渐渐发现，她有一本甚为珍爱的淡绿色绸面笔记本，与她形影不离，睡觉时就放在枕头下面。有一天，我恰好看见她正在专心研读笔记本，就上去与她寒暄："这本子好漂亮啊……能看看吧？"她有些害羞，但还是翻开来，稍微给我展示了一下：里面夹着干枯的银杏叶、香樟叶、蒲公英、玫瑰花瓣、蝴蝶翅膀，还有从报刊杂志上剪下来的一些小小的豆腐干文段，粘贴得方方正正。令人惊讶的是，有的地方甚至还配上了简笔插画和诗文，看上去淡雅、美丽、柔和，真是画如其人、诗如其人。这个淡绿色笔记本昭示出另一个风清月明的世界，它和窃听、下毒、跟踪这些魑魅魍魉无论如何都拉不上关系。看来她同时活在两个世界之中。突然翻到几片紫色的枫叶，她盯了很长时间，慢慢地有点儿失神，轻轻地自语："北京西山，秋天。"然后闭目静默，进入冥想，不再介意当下，甚至忘了近前还有个观众。看来无意识之流汹涌澎湃，与紫色枫叶密切相关。

悠然自得、与世无争，唯淡绿笔记本是念……本以为她的日子会这样过下去，哪知有一天，护士长突然找到我，很严肃地说：“你这个病人没吃药，你要注意啊！这些病人都很会藏药，窗子外边、草丛中间，你去看看嘛，药丢得多得很……”我有点儿吃惊：“好的，发药的时候我来看一下。”那时，我刚刚读完医科大学，对西医诊疗体系的信赖接近于信仰，初次知晓了藏药的事，有些痛心疾首。

早上10点半，病人在大厅里开始排队吃药，我站在旁边仔细观看。每个病人都端着自己的搪瓷缸子，里面有小半缸温开水。护士先将一个塑料小盒里的药一次性倒入病人的手心，然后看着病人把药放进嘴里、喝水、吞下。最后一个程序是每个病人必须张大嘴巴，卷起舌头，让护士检查一下嘴里有没有药。

轮到她了，也是一模一样的程序性动作：左手端水，右手接药，把药全部倒进嘴里，低头喝水，仰头吞药，“咕嘟咕嘟”就下去了；再张嘴接受检查，舌头上下、牙床内外、咽部左右都打着电筒看了，清清楚楚的，什么都没有。看来确实没什么破绽，但我还是示意她到窗边来。我准备和她多聊一会儿，一是看看她有没有把药藏在身体某个未知部位；二是防止她马上回病房或进厕所去设法悄悄地把药抠出来、呕出来，就像电影《追捕》里演的那样。

于是，我们就站在窗边开始拉家常："你小时候常常住在东北吧？"她回答："我在辽宁本溪的奶奶家长大，后来随父母在山东济南上小学和中学。"听来口齿甚清晰，完全不像嘴里藏着什么东西。我又问："你上中学时喜欢什么课？"她眼睛发亮："我喜欢语文、地理，最讨厌数学、物理，外语也不喜欢。"我想起了她的笔记本，就问："那你平时喜欢读些小说吧？""喜欢，《简·爱》《红楼梦》《镜花缘》……这些我都很喜欢。"看样子她兴致很高，我们便聊了一阵小说。随后，我又发起一个话题："你原先做过几年编辑，对吧？""对，我编过厂区、工地的小报……"我尽量争取多找点儿话说，拖延时间："南方的生活还习惯吧？""现在都还好，我是大学毕业时支援三线被分配来的，刚来时……"她以惯常的优雅和礼貌精准地回应了各样问题。谈了约莫有半个多小时，我确实没看出她有什么值得怀疑的地方。我跟护士长说：“我亲眼看到她吃下去了，还跟她聊了半个多钟头，肯定没问题。”护士长摇摇头，完全不相信：“你还要好好看看。”

第二天，我又看到她从从容容地把药片吞下去了，没有任何特殊的嘴形变化。她的左手一直端着搪瓷缸子，右手自从把药倒进嘴里后就自然下垂，没做过任何让人疑心的延迟或掩饰的动作。这次我连她的指缝、衣袖里也都看了看，什么都没有。后来，我又叫住她到窗边闲聊。北方的山脉、南方的河流、植物花卉、剪纸、藏书票……谈到默契之时，我干脆直截了当地劝她：“你要好好吃药哦。你是专门来治疗的，总要好点儿才能出院啊。你看 ×× 床，明天就要出院了。”她安静地点点头：“是的，好的。”我又说：“况且药也是用钱买的，浪费了也不好，对吧？”她又点点头，表情很平静：“是的，对的。”

过了一两天，护士长又来找我说：“她肯定没吃药，你不相信嘛，这些病人个个都精灵得很。”我说：“我亲眼看到她吃下去了，确实没发现任何破绽。”护士长有点儿不高兴了：“她根本就没有吃，要不然怎么会一点儿副作用都没有呢？”“啊！”我大吃一惊。对的，12 片药吃下去，人总该有些药物反应，比如口齿不清、流口水、迟钝、疲乏、嗜睡、脉搏快、颜面潮红等。但她口齿清晰，目光犀利，面色一直都呈浅浅的粉色。我赶紧去病房摸了摸她的脉搏，发现每分钟只有 70 次左右。而且，我正待用手搭上去摸脉时，她的手腕竟然迅速回缩了一下。这个动作颇微妙。同时，我从她的眼睛里似乎读到些许警觉、提防的意味。怎么办？再跟她谈谈？我就又同她聊了聊生病就要吃药这回事，给她讲朴素的道理、科学的常识，从各种角度劝说她，动之以情、晓之以理，可谓诚恳又全面。她频频点头，看上去完全同意。

两天后，上级医生来查房，护士长立即汇报了这个病人藏药的事情。上级医生说：“这个好办，把药碾成粉末，直接从胃管灌下去。”医生还特别提醒，虽然医嘱是一次六片的剂量，但第一次也不能灌那么多，只能灌两三片。因为如果她真的没吃药，那突然把六片药灌下去，副作用会很大。

查完房就开始插胃管。她当然不会合作，死命地挣扎抗拒，结果被约束着斜靠在床上，并被医生护士们团团围住，就像狐狸落在陷阱里一样。我们轮番好说歹说，才终于给她放进了胃管。她的眼神里流露出惊惧、恨意和绝望。我猛然意识到，她确实没有吃药。果然，药灌下去后 10 多分钟，她的脉搏就很快了，一摸便是每分钟 120 次。护士赶紧准备心电监护，给她静脉补液。又过了 10 多分钟，她睡意蒙眬，颜面潮红，脉搏已达 130 多次。我们只好用些药物为她降心率。看来氯氮平的副作用的确厉害，上级医生实在经验丰富。一个多小时过去，她陷入深睡，然后出现大小便失禁。我们开始轮班加强监护她。

她这一觉睡了很久，直到第二天中午才醒过来，还有点儿迷迷糊糊的。第三天早晨，她坐起来时依旧提不起精神，歪歪倒倒的。此后，我们断断续续地使用胃管给她灌药，千方百计地慢慢增加氯氮平的剂量，直到每次 12 片。她的药物反应越来越明显：口齿不清、流口水、行动迟钝、疲乏、嗜睡、便秘、体重增加……人也越来越沉默，越来越敌视、抗拒医生和护士。我仍要天天去看她几次，但基本都无话可说，气氛凄凉、沉重而尴尬。

谢天谢地，终于有一天，她的弟弟——一个同样严肃、清瘦、少言、忧虑的书生——来了，要接她出院。他也说不清姐姐的病情是否好转了，只是挽着包袱客客气气地结账、买药、道谢、告别。

天下事之无解、无望，远远超出我的想象力。我左思右想，既然单位和家人都要将她送来住院，可见大家都认为她病情严重，不得不治疗。医护人员也不得不给她吃药。否则，在如此密集的都市人群中，到处都有人迫害、跟踪、窃听她，四面楚歌的她怎么活下去呢？此外，她怀揣着一个笔记本，就可以安安生生地在这里住大半年。这样的女人如果活在百年前会身处何种状态，是幸运一些还是更加不幸？依她的安静聪慧，如果某种姻缘果真到来，做个贤妻良母大概没什么问题。在某些男士眼中，她这种类型的女人多少有些魅力吧。但她怎么会走到这般田地？药究竟进了她的嘴没有，之后又藏在哪里？一切都不得而知。遗憾的是，当日我并未找到与她推心置腹的机缘。

百思不得其解。我忍不住向一位老师请教此事，哪知老师讲了一个更惊人的故事。

20 世纪 50 年代末期，老师被分配到精神科当医生。刚来时，他分管一个男病人。这个病人在医院住了一年多，病情反反复复，单位远在新疆，一直都联系不上，也就没人来接他出院。于是，医院派老师护送病人回新疆，顺便收回住院费。路途漫长，两个人有足够的时间相处，结果变成了无话不谈的朋友。老师发现，这个人在旅途中和在医院里判若两人，简直比正常人更加正常。老师只好直接问他："你在医院时的那些幻觉妄想是怎么回事呢？"对方的回答是："那些全都是装的。""那每天发的药呢？""都从厕所冲走了，很多人的药都是这样被冲走的。"老师又低声告诉我，他们俩就此成了莫逆之交，常常通信，此人如今就在某某研究所工作。言毕，老师感叹不已："他真比《红岩》里的华子良还会装。幸好走了这么一趟，对人心才懂得多了些。"此后，老师对精神病的诊断和治疗就有了"第三只眼睛和第三只耳朵"

的功夫，即运用无意识和直觉来判断的智慧。

后来，我继续在精神科做了多年医生，对药物的信仰三落三起，同时也把目光投向其他各种治疗思路。

那位女病人心灵的雷达异常敏锐，能捕捉到一些微妙的信号，甚至还能“于无声处听惊雷”。遗憾的是，它们常常是一些消极、灰暗的信号。她的病情其实不重。依她的禀赋，如果机缘凑巧，在久远的过去，她也许能做个跳神、算命的巫婆；在如今这个可能性甚多、生活资源丰富的时代，她可以好好学习，试试魔术师之类的行当。假如此类人入世实在无计，那么能否在大自然中兴办一所世外桃源，为他们提供最基本的饮食起居条件，让他们栖身呢？任他们自由自在地生活其中，或梦或醒，或歌或哭，或呆或傻，或癫或狂……只要能确保其生命安全和身体健康就好。

多年来，我隐隐约约地做着这样一个桃花源之梦，可惜一直未见圆梦的可能性。作为折中，我渐渐张罗起艺术治疗，希望像她那样的患者能借绘画、音乐、舞蹈、故事、诗歌等形式实现自由表达。好在多年耕耘，略有收获，总算看到天边的一抹曙光，也便有了今天进一步的奢望：将他们如是表达的作品——无论其形式、内容是否稀奇古怪——部分转化成他们生活的来源，铸就他们的饭碗，甚至变成连接他们与外部世界的桥梁。当然，像任何事情一样，这需要个人竭尽全力，而后老天自有安排。

毫无疑问的是，精神医学确实是一门博大精深的学科。

No.2

精神病院的《热爱生命》

关乎生死之事果然是人生要务，人概莫能外，槛外人亦如此。

1989年，我做精神科医生已有六年，个中况味冷暖自知。

那一年，我去上海参加一个精神疾病诊断量表会议，顺便去闵行区的一所精神病医院购买电休克治疗仪。从成都到上海，火车要坐三十来个小时。同坐的除了几位大学生外，还有一位江南学者、高级工程师。他戴着金边眼镜，两鬓花白，气质儒雅，博学多闻，途中就江南的历史、人文、艺术等话题，与大家聊得饶有兴味。

我带着随身耳机，断断续续地听着英文歌、学英语。江南学者问我："你们年轻人现在喜欢听什么歌呢？"我回答："我正在听美国乡村歌曲《月亮河》。"他接过耳机伸长脖子听了一阵，断然说："我们年轻时候那些歌更好听。"大家都有点儿诧异，忙问那时有些什么歌。他想了想说："有个电影叫《卡萨布兰卡》，你们知道吧？"大伙都说不知道。他说电影里有一首歌，其中一句是："You must remember this.A kiss is still a kiss. A sigh is just a sigh."说着他顺势耸起肩膀，提起喉咙来哼了几个音符，紧接着又掏出钢笔和本子，聚精会神地写下全部歌词，洋洋洒洒地写了整整一页，记忆力颇惊人。

写完后，他目光炯炯地扫视着大家，用优雅的英语朗读了一遍歌词，自然得到了交口称赞。他兴致更高了："那我把它唱给你们听一下？"我们喜出望外，欢呼起来。于是，他从座位上站起来，耸肩摇头，打拍子，哼过门，但一时有点儿气短走调，起了几次头都没唱起来。他只好打住道："不对，我……我是假牙，先取下来。"说完便转过背去，摸摸索索了好一阵，取下了假牙，然后转过身来开始唱。但这回唱得更不成调子，只见他双唇不时地内瘪外鼓，通风漏气，几乎不能发音。他有点儿张皇，赶紧又转过背去，把假牙放回嘴里，干脆就背对着众人开唱。几次三番，还是没能唱下去。他只好坐下来，有些尴尬地说："哎呀，离开学校后好多年没有唱了，唱不起了。"接着，他又说明一番："我们当学生那会儿，时兴把全口牙齿都拔光，再安上假牙，觉得那样更卫生、更科学。"大伙难免有些遗憾和诧异，一时无言以对。我只好说，鲁迅先生似乎也是全口假牙，估计这是江南才子的"时尚"。他才稍微释然。后来，他随手给我画了一张草图，标明了闵行区的位置，甚至标注了去医院的路线、车次。那张图画得很精致，颇有工程图的气息，充分显示出那一代知识分子的严谨周密。

快到上海时，江南学者的神情变得有些凝重，几次欲言又止，终于对我说："我……我想拜托你办件事情，好吧？"我说："那当然好。""我姐姐……就在闵行那个精神病院住院，好多年了，你帮我去看看她？我这几年忙得都没去过，只是隔几个月把钱寄到医院去。父母健在时，每年春节还把她接回家过节，父母过世以后……"他声调越来越低，表情变得灰白而僵硬，连头发都显得灰扑扑的，说着又掏出 20 元钱，“还要麻烦你帮我买几斤水果带去，剩下的就交给她本人，一定交到她手头啊，她身上需要备些零花钱的。”我连声答应：“好的，好的，一定会的。”他再三叮嘱：“你就说你是我的朋友，我专门托你去看看她。告诉她我身体还好，就是工作很忙，让她安心住院。”

那家精神病院坐落在郊区，远观很像旧式的教堂：乳黄色的外墙庄重而典雅，小小的窗口都装着黑色的铁栏杆。安静的街道上，法国梧桐一片深绿，初夏的阳光透过枝叶洒下一片金黄。

我进大门时是下午 3 点整，恰好是医院规定的探视时间。墙上贴着告示：禁止携带绳索、刀剪或其他锐器入内；现金须存放在医院财务科；点心、水果只允许少量带入。我提着一小袋水果，排在一列心力交瘁、肝肠寸断的家属中，起初感觉有些异样，但当我在探视登记本的“家属”一栏里填上自己的名字后，就完全找到了做家属的感觉。我随着护士进入探视室，隔着玻璃看到隔壁是一间工娱治疗室，里面有 20 多个病人，个个都穿着蓝白条纹的病员服，正在专心地做手工：用五颜六色的毛线编织茶杯垫。

护士大声喊："38床，家属来了。"只见其中一个女人瘦削的肩背深深地震动了几下，好像受到轻微的电击一样。她急急忙忙地站起来，快步走向我。她跟江南学者长得有五六分像，也是花白头发，只是脸色更加灰扑扑些，整个人显得柔和旧式，仿佛张爱玲笔下的某些大家闺秀。她紧紧地握住我的手，久久不松开，面带笑容打量着我。看得出来，她的大脑正在紧张地扫描和检索我的面孔。我迅速地自我介绍："我是你弟弟的朋友，从成都过来出差，他专门托我来看你，带了点儿水果。"同时，我回想着江南学者的各种情况，以备应对。她春风满面地接过水果，招呼我一起坐下来："哎呀，太辛苦你了，那么远来。你还没吃饭吧，要不要先吃点东西、喝点水？"她四面张望了一下，眼神变得有些暗淡，笑容慢慢地僵在脸上，但随后她眉毛轻轻一扬，从口袋里摸出苹果来。"请先吃个苹果吧。"我们俩推让了一番，她终于将两个苹果塞进了我的衣兜，"拿着吧，不要客气，也没准备什么其他的，不好意思啊。"

她似乎有点儿歉疚。这种表情在她弟弟脸上也闪现过好多次，当他弄假牙、试唱、谈到姐姐和父母时。它往往在教养良好的人脸上出现得比较频繁。多年过去，我对人性的多元化有了充分的感知和消化后发现，还有一些人与歉疚感完全无缘，他们认为自己绝对正确，总是要求他人保持歉疚。然而，唯有歉疚感可以让人自律、反省、敬畏、关切、承担，让人懂得“己所不欲，勿施于人”。由此，这个世界才有可能变得大同一些。

探视室里渐渐地坐了好些病人和家属，大家似乎都在促膝谈心，家属们的姿态、语气显得更加热切。“你告诉弟弟啊，让他放心，我的病已经好多了。这里生活很好，医生和护士都好。”江南学者的姐姐抬头望了望正在门口视察的值班护士，提高声音说，又指指隔壁道，“我天天都在工娱治疗室里做茶杯垫。我做得很好的，挣得到分数，分数高了还有奖励，可以到外面去走走。”我由衷地为她高兴：“太好了！做茶杯垫实在是太好了。”她降低了些音量说：“请你给我弟弟带个话。今年中秋节，他 60 岁生日那两天，请他来接我。我想去他家里看看侄儿和侄女，我给每个人都做了茶杯垫。这些东西嘛，不稀罕的，一个意思就是了。”说着她又有些歉疚、茫然起来。我急忙点头答应道：“好的，我一定给他讲。”她开始微笑：“我这个弟弟，出息大得很，交关[1]听话，从来就不出去惹事情的。过去我们都是在南洋模范中学读的书，手牵手地去，他读得老好。”

两个人相谈甚欢。我摸摸她的手，趁势把叠好的20元小方块按在她手心里。她一愣，马上就会意了，眼睛闪烁了一下，以最自然的姿态略微一欠身，小方块就不见了，好像被藏进了她左脚踝内侧的尼龙袜子深处。动作实在神速。“你弟弟带给你的。”我压低声音说。她叹息道：“弟弟辛苦啊，爸妈的事情也是他一个人张罗，花费大得很……还有个事情，你一定要记得给他说啊。明年清明节，我想去龙华公墓给爸妈上个坟。”见她喉咙发哽，我立刻点头答应：“我一定给他说。”

---

1. 上海方言，非常。——编者注，后同

突然，她拉住我，面孔凑得很近，一股热浪顿时涌进我的耳朵："你告诉他，这个地方实在不能待了，这些人给我的饭里、水里放了毒药，你看我的腿……"她把右裤脚提起来，小腿前面的皮肤上有一块蚕豆大小、浅棕色的疤痕。"我的骨髓完全中了毒、发了臭，到处都闻得到。你闻到了吧？"我问那是什么气味。她说："骨头上有一股子尸体腐烂的气味，你没闻到吗？""没有，我真的没有闻到。"我立刻意识到这就是她不对头的地方。她猛地把右腿抬起来冲着我："你闻闻看？"我深深地吸气，认真地闻了一下那块疤痕和周围的皮肤，然后很肯定地告诉她："我真的没闻到任何气味。"这下子她有点儿惶惑了："啊，是吧，怎么会呢？他们也说没闻到，我还以为他们都是串通好了的。"她眼神空茫，表情呆滞，望着天花板长长地叹了口气道："阴天下雨时气味重得不得了。""什么气味？""尸臭味。""你现在闻得到吗？""闻得到，一直都闻得到尸臭。"

看来在这个问题上，她已病入膏肓、不可理喻。我无法可想，转了转脑筋，顺手从衣兜里摸出苹果来："试试看，你闻得到苹果的气味吗？她点点头："闻得到。"

我让她把苹果放在鼻孔前，慢慢地吸气，又问她："苹果的气味大得很，对吧？"她说："对，好闻得很。""那你还闻得到其他气味吗？"她张开鼻孔四处吸气，答道："没闻到其他气味。""太好了，你就好好闻苹果，专专心心地闻，其他气味暂时不闻、不管，好吧？"她点头，又有些不解。我紧紧抓住她的手说："好好闻苹果，不要闻其他的，这样才能……清明你就能出去，去龙华……"我几乎像在恳求她了。她像是听明白了些，但还是心存疑惑："天天闻苹果吗？睡觉的时候呢？""睡觉时也要闻，把苹果放在枕头边上闻。"我肯定地回答，并再三叮嘱她，"苹果的气味对鼻子、喉咙、气管、肺都有好处，一定要好好闻。这个口袋里还有雪梨，气味更好，清热润肺。记住啊，一定要好好闻，千万不要闻其他的。"

她神色有些木然，我忙说等一下就去和值班护士商量，让病房同意她睡觉时把苹果放在枕头边上。这时突然听见值班护士大声吆喝："探视时间结束了。"她一愣，马上攥住我的手说："你这次一定要多耍几天啊，外滩啊，豫园啊，都去看看……下次来一定要提前通知我，我陪你到处走走，六和塔、钱塘江……弄点桂花糖藕、清蒸鲈鱼给你吃吃，不要客气呀，味道做得不好。”好像想起了什么，她的话戛然而止，一丝歉疚挂在脸上。我连声答应：“好的好的。你一定要好好闻苹果啊。”她点头答应，目光倒还明朗：“要闻的，有时间的，要闻的。”

我走出去很远很远，还看见她在三楼的铁窗里张望，花白头发就着苹果，在阳光下泛出光亮，亮得有点儿眩目。四野无人，一片深绿，微风吹着劲草沙沙作响，真是一个凄凉的初夏。一个多么精致、善良的女人，如果常常有人能提着水果来看看她就好了，如果她能回家就更好了。

过了两天，我测试好了电休克治疗仪，跟工作人员说想参观一下医院，当晚就跟着值班医生去了门诊、病房、检验科、药房……最后，我走进工娱治疗室，观看了历届病人的绘画、书法作品，它们大都极富原创性，令人震撼。看来此乃藏龙卧虎之地，但愿作者们在此韬光养晦之后皆能重生，或者至少能获得些许能量来开启新的希望和道路。我也看到了江南学者的姐姐编织的茶杯垫，它们风格多样，堆满了一桌。我仿佛看见她把一截截短短的粗毛线撕开来，捻成富有光泽的细条，再编成活生生的图案：花草、树木、昆虫、房屋、星月、山峰、帆船……纹理错落、富有节奏。

更让人惊叹的是：桌面正中放了一个正在编织的苹果图案，红绿的色彩闪烁着耀眼的光芒。看着看着，我有点儿走神，想起了杰克 · 伦敦的小说《热爱生命》里那些旷野、河流、密林，那些绝望、饥饿和挣扎。转念一想，像她那么敏感的人，或许在编织苹果时还能闻到苹果的味道，希望她能把嗅觉的热情都倾注在苹果上。此时，我听到值班医生在一旁打哈欠道："你喜欢就挑几个走吧，这些东西都是混混时间的。这里住了好多慢性病人，有的都来了30多年了，和我岁数差不多……"

回成都后，我写信向江南学者汇报此行经过，重点讲了他姐姐的两个愿望：生日拜会和龙华扫墓。看来关乎生死之事果然是人生要务，人概莫能外，槛外人亦如此。人海茫茫，此后我再也没有他们姐弟的消息。两位如果健在的话，如今已是高寿了。

No.3

对疾病的渴望

整整一年，她名正言顺地过足了病人的瘾，重获生活的意义，结核杆菌竟有这样奇妙的功用。

她 40 多岁，多年来总感觉周身不对头，喜欢看病，也常来精神科。每次，她都要掏出一份“病情清单”，上面详细记录着她的病情：长期头昏脑涨，有时头疼，头皮上会起包，按不得；脖子经常咔嚓作响；喉咙微微梗起，怀疑是食道癌前期；常常觉得烧心，喘不过气来；腰杆酸胀，站不住、坐不得；腿脚抽筋、酸软，走路抬不起，累得很；第二根脚趾发麻、刺痛，可能是偏瘫早期；手指甲上有纹路，末梢循环不好……随后，她自己娓娓道来：“我从小体质就差，虚得很，冬天怕冷、夏天怕热，感冒咳嗽是家常便饭；胃口不好，老是冒酸打嗝，有时便秘、有时腹泻；最恼火的是睡不着，越睡越清醒，半夜三更要起床好几次去小解……”总之，她认为自己五脏六腑都有病，从头发到指甲没有一处对头。但是，她看起来身材匀称、姿态窈窕。

每次看病，我们都从这张清单开始。等她长吁短叹地把病情逐条解说完毕，半个多钟头就过去了。有时，她也会描述一些新状况：“我经常觉得心慌啊，就像作贼被当场抓住那种感觉。”或者咧开嘴：“你看我门牙是不是长得有点儿歪？”要不就掏出面镜子边照边叹气：“你看我是不是对眼？真的有点儿，你没看出来吗？”

我认真复查了她的一大包病历，发现所有的检查结果都正常。她从未正儿八经地查出任何一种疾病，但总觉得自己病得很重。“我身体不好”五个字随时挂在她嘴上，就像标点符号一样，在任何语句的末尾随处添加。

我只好给她认真地解释一番：“你看你的血、尿、X光、心电图、超声、CT……这么多次检查结果都没什么问题，说明你的身体还可以。要不多锻炼身体、多活动看看？”她听后颇不以为然：“哎呀，我真的身体不好，走不得路，要多多保养才行。人家都说，走路多了浪费关节。”

她常常来看病。我渐渐发现，“我身体不好”对她而言不愧为最好的护身符和挡箭牌，替她挡住了一切操劳和烦心事。她已经多年不上班了，每日生活就是调理、养生、休息、看病、检查、吃药。每天，她都要吞下一大堆中药、西药、保健药。

于是，我抽时间耐心地和她聊天：“你需要做些体力活，要不做些家务吧，算是锻炼身体，如果能做做饭也挺好的。”她眉毛一挑：“啊，我从来就不做饭，也不会做饭，都是我们老几[1]做，以前在娘家都是我妹妹做。”然后，她凑过嘴来低声说，“我从耍朋友起就把这些男人调教好了的，一开始就不要惯侍[2]他们。”我尽量保持

1. 四川方言，丈夫。
2. 四川方言，娇惯、宠溺。

着和蔼说道：“你现在身体还可以，一定要找些事情做才好，你看你也休息好多年了。”她提高嗓子争辩：“哎呀，我身体真的不好。你不晓得，我好惨喔，嫁给那个老几……原先都怪我妈看到他老实，硬要喊我找他，哪个晓得他那么没用，只会煮个饭，不喊他煮饭才把他安逸死了。”她越说声调越高，“他妈爸那两个老东西管得宽，还想下我的烂药，喊他不要伺候我，幸好两个老不死的没跟我们一起住。我早就给他们打了招呼，每个月把钱寄来帮补下儿子就是了，人就不要来了。”接着，她深深地叹了口气，“哎呀，我就是红颜薄命、身体不好，就像《红楼梦》里的林妹妹一样。”说着，她低头抚弄起自己的衣角来。我只好继续劝她：“你只要多活动、多做事，就不像林妹妹了。”“我真的啥事都做不得，我真的有病。你不晓得，我惨得很喔。”

这场谈话似乎全无用处。此后好久，我都没有她的音信。

几年后的一天，我正骑着自行车经过天府广场，远远地看到她身穿花衣衫，衫上的五色菊花闪烁飘动。随后，她兴冲冲地跑过街，手里挥舞着一袋 x 光片，喜形于色地冲我大声喊："我正想去找你，你还记得我吗？你看嘛，我得了肺结核了，结核菌痰培养都做了，已经开始上抗痨药了。"

我从没见她这样高兴过，有点儿诧异。我看了看片子，确实像是结核性胸膜炎，还好没有肺实质感染。我对她说："那你要好好地吃药，抗结核药至少要吃 9 个月，不能间断啊。"她连声答应："是的是的，我就是要好好吃药，还要增强营养。我们屋头那个老儿，每天都要给我弄些这样那样的，八宝粥、银耳羹、乌骨鸡汤、药膳……换着花样来弄，哎呀，我都吃厌了。"她面有得意之色，然后踮起脚尖对准我的耳朵说，"我给你说嘛，原来我们单位有个女的也是得了肺结核，她那个老儿也是好好生生地伺候她，天天抱上抱下、喂饭喂水、端屎端尿，她才好了的。"

我听着实在没忍住，当街大笑起来。她也笑，笑得很透彻、很幸福。同行了好一段路，分手时，她攥住我的自行车把手问："我原先说我身体不好嘛，你不相信是不是？现在你才晓得了吧？”见她眼巴巴问得恳切，我一时不好作答，只好勉强点点头。她这才兴高采烈地走了。

看着轻盈的五色菊花飘然远去，我感觉背脊上凉悠悠的。我认真地反省自己：早知如此，或许当年就该给她开些抗抑郁药，让她兴奋点儿，提起劲头来生活。这样或许她就不至于那么长久地泡病号，活得那么郁闷，她的免疫系统可能就会处于良好的状态，也就不至于发生结核了。

如今回想起来，我当年给她的一切建议，比如运动和劳动，她都做不到。那些话说了也是白说。人要管住自己，要改变一点点，也挺难的。其实，她的核心问题是生活毫无意义，对世界和他人的看法一片虚无、一片灰暗，所以才转过头来瞄准自己身体的细枝末节，才会发现和体验到那么多不好的感受，才会推断和相信自己有那么多毛病。而且，一个人如果选择了她那种不健康的生活方式，就是把自己明明白白地引向疾病。针对这种情况，万不得已，医生可以用抗抑郁药让患者兴奋起来，从而逐渐改变生活态度和道路。如果要勉强为她作个诊断，可以是隐匿性抑郁、焦虑症或疑病症等，按旧的标准可以诊断为神经衰弱。依当下的标准，医生确实有理由用抗抑郁药为她治疗。

“越鸟巢干后，归飞体更轻。”在服用了整整一年的抗结核药后，她的胸膜结核完全好了，胸片看起来很清晰。抗结核这一年，她过得很高兴。有娘家和婆家共同倾力照顾，她名正言顺地过足了病人的瘾。围绕着结核的诊断和治疗问题，她建立起新的交往圈子和生活内容。由此，她触类旁通地关注起健身、行走、瑜伽、太极、按摩、烹调、缝纫、花艺、茶道等。家中氛围日渐温馨，丈夫和公婆的日子也都好过起来，人人如蒙大赦。

让病人重获生活的意义，结核杆菌竟有这样奇妙的功用。智慧的医者不得不明察其中曲折的因果关系。值得一提的是，她用的其中一种抗结核药叫异烟肼，其化学结构与抗抑郁药苯乙肼相似，所以也具有某种程度的抗抑郁作用。对她而言，异烟肼既治疗了结核，又改善了情绪，让她变成了一个高兴的人，算是一箭双雕。

1987 年，我在华西医院精神科做住院总医师。有一天，我去结核科会诊。当时，结核科坐落在金陵路的小河沟边上，在一个隔离的小院中。会诊完毕离开时，我发现好些结核病人笑容满面地站在过道上欢送医生，一边说着“再见”，一边集体鼓掌。那场景太温馨了，却也有点儿让人诧异。最后，我才反应过来，原来是异烟肼的功劳。它的抗抑郁作用让病人们兴奋起来，改变了情绪，随之改变了想法与行为，从而积聚起生命力来应对疾病和生活。

这件事让我感慨良多，此后便很看重“高兴”二字，久而久之，也有了一些心得：

高兴不愧是天下第一良药，可以治百病。其实人们身体的许多毛病都是因为活得不开心。

高兴是一种愿望，当下即可达成。既然生死即如昼夜，在世的分分秒秒弥足珍贵，那么唯愿那些无穷多的刹那均能无条件地高高兴兴。

高兴可以习得。既然精神医学教科书上有一个专有名词叫“习得性抑郁”（Learned depression），那么人们为何不能习得快乐？

高兴是一种个人选择。既然人世的千种磨难、万般苦痛在所难免，生老病死的悲剧在每个人身上都会上演，那么在各种情境中主动地选择高兴一些岂不是更好？

高兴应当自找和自发。为了能有自主性的高兴，需要主动发现自己生活的意义和内容，而非依赖和等待他人给自己带来快乐。

高兴者会更高兴。高兴可以彻底改变一个人，让其认知更乐观、行动更积极。高兴、乐观、积极可以互为因果、良性循环，让生命更加坚韧、宽阔、丰富、幸福。反之，悲观会让人懦弱、狭隘、短视、自暴自弃，以致带来更深层的悲观。

最后要提醒大家，用抗抑郁药物来让自己高兴是有代价的。它们会产生副作用，比如对肝、肾造成伤害等。务必要慎重使用。

No.4

夜夜淘结石

一时间，病房内外喜气洋洋，病人们围绕着自身的结石展开激烈讨论。那些产出多个、大号或异形结石的病人显得心旷神怡。

1975 年深秋，四川省建工局职工医院（简称省建工医院）外科开展了中西医结合胆道排石疗法。这种治疗方法颇有原创性，据说是医院专门派医生去北方某家医院学来的。

入院前，胆结石病人要进行详细的检查，以确定其是否适合此种治疗。入院后，病人便开始喝中药汤剂，一次一大碗，一天三次，连喝几天，还要喝许多水。此间，病人拉的多是溏便。每天，他们都要把排出的大便放进自己专用的搪瓷痰盂里以备检视。痰盂就像个花瓶：

大肚、粗颈、敞口，外壁饰有梅兰竹菊的图案。人坐上去显得高高在上，很是方便。

午夜12点，值夜班的医生和护士便开始淘洗当日病人的大便，检查里面有没有混合结石颗粒。那时，我恰好在外科做护士，有幸参与其中。淘洗活动在卫生间里进行，主要道具是几个拿来当筛子用的撮箕，要选择细竹篾编的孔隙较小的那种。先把撮箕在水池上摆好，端稳痰盂，慢慢地把溏便倒进去，大量液态物就顺势从竹篾的孔隙漏了下去；然后，打开水龙头缓缓地冲洗撮箕里剩下的东西，簸动撮箕，让细小的物质漏下去；最后一步就是辨认撮箕里余下的固态物，勉强可以辨认出曾经的葱花、菜叶或饭粒之类。

食物穿肠而过后会被胆汁和中药染成金黄、土黄、酱黄、淡黄……而撮箕本身又是草黄色。于是，视野中一派复杂的黄色，颇为耀眼。初上手时，各种黄色在视觉和嗅觉上渐渐达到最大的饱和度，铺天盖地而来，极具冲击力。我尽量气沉丹田，很快就稳住了精气神。偶尔定睛一看，发现撮箕里竟有颗粒在滚动——原来是一颗结石。我赶快捡拾起来珍藏在玻璃瓶里，瞬时便被胜利冲昏了头脑，体验到淘金者般的狂喜。

那段时间，卫生间里点着200瓦的大灯泡，夜夜水声哗哗，里面总有几个白大褂戴着纱布口罩、橡皮手套，穿着橡皮围裙，兴味盎然地淘洗着撮箕里的石头，还一起说说笑笑，很有泼水节的气氛。有时也会遇到别样的趣事。比如病人吃了豌豆、黄豆、玉米之类的食物却没嚼烂，拉出来后被误判为结石。比如有些粪便中含有大段顽固不化的固体物，只好用自来水将其一点儿一点儿地冲散，才能发现里面究竟有没有隐藏真金。那个年代，肠道寄生虫甚普遍，淘洗时也让人印象深刻。

夜复一夜的淘洗，收获颇丰，几乎夜夜都能淘到结石。久而久之，人在黄色气场的作用下竟习得某种木然与安然，甚至获得了感觉系统的大自在——在特定的情形下对某些物质完全能做到视而不见、嗅而不闻，且呼吸通畅、神清气爽。剑胆琴心、冰雪聪明的任医生受命主持排石治疗。他常常不分日夜地守在病房里，事必躬亲，尤其喜欢半夜三更独自待在卫生间里久久地捧着撮箕淘洗。

病人要先吃几天中药汤剂（含有茵陈、金钱草、大黄等成分）来清肝利胆，为排石打下基础，然后开始正式排石。治疗过程大致如下：

①早晨，病人吃两个油煎鸡蛋，促使肝脏迅速分泌胆汁装满胆囊，胆囊随之胀大、收缩，结石运行。

②为病人肌肉注射阿托品，以解除胆道痉挛，利于结石运行。由于胆道的管径细，结石从胆囊运行到十二指肠的过程中可能会被卡住，引起痉挛、梗阻。梗阻尤其容易发生在胆道的出口——胆总管扩约部位，所以胆道需要解痉、松弛、扩张。

③某些时候，任医生会指导病人调节体位，比如仰卧、侧卧、俯卧、抬臀、弯腰、转动身体等，甚至还让病人保持某个姿势，单脚跳几下，以此来协助结石运行。看得出来，治疗过程充分运用了中西药物学、解剖学、流体动力学、人体工程学的知识。

④时刻准备进行手术。结石可能会梗阻在胆道，无法运行，导致绞痛、高热、黄疸、胆囊破裂、胆汁性腹膜炎等状况，甚至危及生命。所以，医生要全天候密切观察患者的情况，手术室要准备好进行剖腹探查术。

有一位50多岁的男病人，体内结石过大，发生梗阻，引起绞痛、黄疸、高热。我们连夜把他抬进手术室，医生打开腹腔，为他做了胆道取石和胆囊切除的手术。

入院一两周后，大多数病人就顺利排出了结石。一时间，病房内外喜气洋洋，病人们围绕着自身的结石展开激烈讨论。那些产出多个、大号或异形结石的病人，会收获更多赞叹，在话语权上更有优势，显得心旷神怡。有些病人排出的是泥沙样的结石，治疗成果不易彰显，他们只好遵循临床医学的逻辑来论证自身的变化，比如黄疸的深浅、腹痛的轻重、消化功能的好坏等，也能因此收获各样感叹以及良好的自我感觉。

1975年年底，省建工系统召开年终表彰大会。在一片鲜花和掌声中，任医生代表医院将一个大大的托盘端上主席台，里面整整齐齐地摆着各种结石，还分别标注了病人的姓名、性别、年龄等。结石的形状、颜色、大小各异：圆形、多边形、珊瑚形，黄色、灰色、褐色、杂色，板栗大、花生大、绿豆大，有的光滑如卵石、有的温润如碧玉、有的粗糙如砂砾……真是琳琅满目。领导和群众的眼睛本就雪亮，此时更是折射出各色光芒，纷纷感叹医生救死扶伤觉悟高，革命形势一片大好。大会主席充分发挥想象力，总结陈词，说这些人造结石是无价之宝，远远胜过黄金、翡翠、钻石和玛瑙，是革命路线的伟大胜利，给我们建工系统医疗战线放了一颗卫星。说完，他指挥人们全体起立，少先队员奏响了国歌和国际歌。

40 多年过去了，如今有了更先进的治疗结石的方法。比如体外震波碎石术是利用冲击波把胆囊中的结石粉碎，令其顺着胆道排出。这种疗法略带创伤性，由于粉碎后的结石有棱有角，在胆道、肠道下行时，需要审慎对待。而对那些体内结石较大的病人，内腔镜手术已很成熟，医生可以轻易地顺藤摸瓜、囊中取物：在患者腹壁开几个小洞，把摄像头和手术器械伸进去，直接取石头、切胆囊。此方法创伤小、康复快，受到医患双方青睐。但若病人的肝内、胆管存在细小的结石，处理起来就比较困难，本文提到的中西医结合胆道排石思路应当有些参考价值。

No.5

肠梗阻的“颠簸疗法”

一路上的震动和摇晃相当于对全身做了足够的局部和整体按摩，充分改善了腰背的血液循环和神经功能，改善了整个腹腔的生理状况，甚至可能碰巧调整好了某些梗阻肠段的角度、位置。

1976年冬天，我在省建工医院手术室做护士，三天两头要值夜班。一天，空中飘着细雪，府南河上波光粼粼，河畔高高的茅草向四方八面点头致意，北风把榆树吹得婀娜多姿……一个闪烁而富有诗意的有情世界，让人联想起俄罗斯油画。

半夜，我从梦中惊醒，听见敲门声震天响：“快起来！快起来！急诊病人马上来了！要手术！”我十万火急地赶到三楼的手术室，马上引燃几个焦炭火炉，加热手术间。大冬天里，病人光溜溜地躺在手术台上，要多冷有多冷，况且还要大面积地消毒皮肤。记得刚入冬那几天，只要碘酒一涂上肚皮，手术台上的病人就开始微微发抖，等到涂酒精时，简直抖得手术床都吱吱嘎嘎动起来了，当然也可能是由于他们害怕手术。

“火心要虚，人心要实。”生火炉也有技术含量，关键是炉膛里要架空、透气。炉膛里的燃料是头天下班前就架好的，废报纸、细木棍、粗木条、木炭、焦炭由下而上地逐层摆放。此时，只消在最下面划一根火柴，火苗就慢慢蹿上去了。如果实在紧急，可以小心地倒点儿酒精进去助燃，效果明显。火炉上面连着长长的铁皮烟囱，像蟒蛇一样蜿蜒爬过手术室四周的墙面，最后钻出铁窗吐气。很快，整个手术室就烤暖和了。那些年没有空调，只好“冬火夏冰”。夏天降温较难，要到肉联厂的冷库去抬冰块，把它们敲碎后放在手术台下方的大桶、大盆里，还要用电风扇来辅佐。

手术比天大，大家很快都赶到了。手术室算是医院里精英荟萃之地。医生、麻醉师、护士都聪颖、敏捷、精细、泼辣，他们天天目睹开膛剖肚、出生入死的情形，自身的一切都可以忘却，耐得饥渴，忍得大小方便，个个都是“蒸不烂、煮不熟、捶不扁、炒不爆、响当当一粒铜豌豆”。

值班医生匆匆上来，吩咐大家准备剖腹探查、肠粘连松解术，同时告知我们患者的基本情况：男，53岁，几年前在建筑工地得了急性阑尾炎，由于手术太晚，导致阑尾穿孔、化脓性腹膜炎，术后就出现了严重肠粘连、反复肠梗阻。这次，患者病情危重：腹胀、肠鸣音消失、意识模糊、高热、寒战、血压下降、脉搏急促、少尿、休克……今天的手术就是要打开腹腔，找到梗阻的部位，分开粘连的肠段，尽量把肠段排得顺溜、协调，解除死角，争取马上缓解肠梗阻。最后，值班医生说：“救护车早就从仁寿县出发了，总共100多公里山路，估计随时都会到达。我们尽量动作快些，病人到了就直接进手术室。请现在就通知检验科值班人员，准备好血源，准备合血、输血。”

大家开始出出进进准备手术器械、药品、布类等，步履匆匆又井井有条，大概20分钟左右，一切准备就绪。一时间，手术室里安静极了，大家凝神屏息，如箭在弦上。每个人都在计算自己的时间：麻醉、洗手、消毒、打开腹腔各需要多久……夜色深沉，窗外寒风凛冽，细雪飘飞，室内温暖如春，火炉里的焦炭噼噼啪啪地爆着火星，屋里的灯光给窗外的梧桐树镀上一层金色。等待、等待、耐心等待，意识像雪夜一样寂静空茫。唯有北极光照亮当下的时刻：半夜 3 点。但愿病人能经得起山路的折腾，平安到达医院。

突然，楼下传来救护车的动静，大家飞奔下去。只见一个老司机正打开救护车的后门，头上热腾腾地冒着汽。患者正睡得迷迷糊糊，身上的汗已打湿了旧棉袄。揭开厚厚的棉被一看，我们大吃一惊：他的肚子非但不鼓胀，甚至有些下凹。检查后发现，他整个肚子摸起来软软的，肠鸣音活跃而流畅，肠梗阻已缓解；血压正常，脉搏平稳稍快，体温也降下来了。大家喜出望外，又面面相觑。随车来的仁寿县的医生急急忙忙地解释："不知怎么搞的，病人上路后就渐渐有尿了，且越来越多；肠鸣音也有了，且越来越活跃，有一阵子不用听诊器都听得见叽里咕噜的肠鸣；后来，肚子也越来越软、越来越松。总之，越靠近成都，血压、脉搏就越对头。看嘛，这下子全好了，免得挨一刀了。成都就是好地方，病人一来就好了。”

果然神奇，这究竟是怎么回事呢？我们把病人抬到二楼的外科病房，决定先让他住下来，观察几天再说。“哎呀，实在对不起，路上不好走，让你们等了那么久，半夜三更的，多谢了！”仁寿的医生有些不好意思，忙不迭地道谢，最后跟大家轮番握手，“请大家有空来仁寿哈，我陪你们去黑龙滩水库钓鱼、吃鱼。”

值班医生定下神来，给我们详细分析了一番。从仁寿到成都这一段山路崎岖不平，又要赶时间，估计病人在车里颠簸得不轻，经历了上下、左右、前后三个方向的震动、摇晃，相当于对腰背和全身做了足够的局部和整体按摩。这些按摩很可能充分改善了腰背的血液循环和神经功能，改善了整个腹腔的生理状况，甚至可能碰巧调整好了某些梗阻肠段的角度、位置，于是肠梗阻就自发地缓解了。这种颠簸疗法实质上是一种大尺度的、特殊的按摩。剖腹探查、肠粘连松解术都是万不得已才做的，因为术后可能会造成更严重的肠粘连、肠梗阻，导致恶性循环：越做越粘连、越粘连越做。而且，这个病人体质差、病情重，很难过得了手术、感染、休克等难关。最后，他仰天长叹："运气好啊，居然自行缓解了。"

大家频频点头赞叹，认为他的分析很有道理。我们亲眼见证了神奇的颠簸疗法，世上恐怕很少有病人享受过这等治疗。众人互相打趣："以后凡有肠梗阻病人，都要先抬上救护车，开到山上颠簸一阵再说……"

南方少雪，这一夜的细雪给大地铺上了薄薄一层银色。深夜的救护车、金黄色的炭火、一张张惊喜的脸一同定格下来，在记忆中交织成一幅温馨的画面，记录下1976年那个美丽的冬夜。

多年以前，在遥远的异域，有一位诗人曾这样吟唱：

雪花在窗外轻轻拂扬，
晚祷的钟声悠悠鸣响，
屋子已准备完好，

餐桌上为众人摆下盛筵。

只有少数漫游者，
从幽暗路径走向大门。
金光闪烁的恩惠之树，
吮吸着大地中的寒露。[1]

时过境迁，如今成都四周建起了高速公路网，条条道路都很平顺。而仁寿早已是个四通八达的闹市，都要修起国际机场了。看来要想实行自然主义的颠簸疗法，还需另辟场地。

1. 马丁•海德格尔：《冬夜》，见《在通向语言的途中》，北京，商务印书馆，1997年，7页。

No.6

试着发酵一下吧

肠道中的菌群种类成百上千，旨在帮助人体消化吸收。如果过度使用抗菌素，肠道里的正常菌群就会被杀死，从而引起消化不良、腹泻。

她 60 多岁，曾是高级工程师，一辈子信奉科学主义，笃信青霉素，身体稍有不适就使用抗生素，无论是感冒、腹泻、牙痛还是尿频尿急。

退休后，她过得很清闲，大把时间打发不了，只能枯坐在家。结果，她的胃口越来越差，时常腹胀、腹痛，大便也不成形，一天要解三五次，稍不小心就会腹泻。她愈加消瘦、苍白、没力气，还落下失眠的毛病。

她去了医院，把心、肝、脾、肺、肾、胃、肠都筛查了一遍，并未发现什么异常。西医认为，她患了肠易激综合征，建议她少吃粗纤维，施行低脂、低盐饮食。经过一番望闻问切，中医师诊断她为脾虚，开出归脾汤加减，并吩咐她一定要忌食生、冷、酸、辣和一切刺激性的东西，如辣椒、豆瓣、大蒜、生姜、花椒、水果等。

医生的建议与她素来讲究“清淡”的饮食态度不谋而合。于是，她几乎天天只喝白米粥，再加点儿盐。可是，她大便仍然稀溏，总有点儿里急后重，饭后必须坐着休息半小时，否则一起身就有便意。一天，她仔细观察自己的大便——颜色淡黄，依稀看得见透明的米粒，还有些细碎的白沫，看起来挺干净，闻起来没异味。她对此甚满意。

只是她体重越来越轻，身体越来越虚弱，上楼梯越来越慢，走路时飘飘欲仙，脚踝肿得一掐一个坑，鞋也穿不上去。去医院检查，发现血清白蛋白偏低，且有轻度贫血，只好住进医院。接着做骨髓穿刺，检查造血功能，仍未发现病因。这次，医生开出犀利的处方：静脉输入氨基酸、白蛋白。

出院后几天，我见到了她。她清瘦、苍白，灰白的短发梳得一丝不苟，可谓“人淡如菊”。她轻轻一笑，露出洁白的牙齿道：“喝点儿菊花水吧，清热解毒的。”又说自己从不喝茶，喝了更要失眠。接着，她从文件夹里拿出沉甸甸一大叠病历和检查报告，开始讲述自己的病情，讲得细致准确，起承转合流畅圆润，连停顿的时间和节奏都恰到好处。

聊天期间，她好几次无意识地掏出消毒湿巾，擦拭自己的手和桌面，双手还有一丝丝颤抖。我意识到她内心也许十分紧张和焦躁。她说自己一直很讲究卫生，每周清洗衣物床单后都要用消洗灵浸泡，内衣则要用专门的不锈钢盆来煮沸杀菌。对饮食卫生她更重视：餐具用过后要放在消毒柜里消毒；白糖、盐巴、味精买来后都要进微波炉里高温消毒；鸡蛋也要用消洗灵洗刷干净蛋壳，晾干后才放进冰箱。最后，她说一天反正没什么事，所以每餐饭前饭后都要刷牙，共计六次。“我都这么卫生了，不知为什么还会腹泻。”言罢，她出了口长气。

看来她生活得过于卫生，有洁癖。我想她可能缺乏益生菌，就认真地给她讲解益生菌问题，让她试着吃些发酵食品，给她列出一张食品清单：豆豉、豆瓣、腐乳、泡菜、醪糟、酱油、醋、葡萄酒、啤酒、酸奶、奶酪、酵素、纳豆等。她对这些食品的疗效心怀疑惑，但答应我会吃点儿试试。她希望我推荐些药物，我便推荐了经典的酵母片以及一些含有乳酸菌、双歧杆菌的药。

试了几天后，她觉得腹部不适的症状渐渐减轻了，便意的紧迫性缓解了，大便次数也减少了。又过了几天，她大便的颜色逐渐加深，从淡黄、中黄到深黄。不过，她也不无遗憾地发现大便的气味越来越重——回归大便的本质状态——自己似乎越来越“不卫生”了。她继续坚持吃益生菌，结果胃口越来越好，力气越来越大，面色也越来越红润。

于是，她专门去找一些上好的食材，自己做了酱肉丝、豆豉鱼、豆瓣鱼、酸菜汤等。她越来越关注益生菌和发酵食品，还在家中按土办法做豆豉：把一罐煮熟的黄豆放置几小时，任空气中的菌落从天而降，保持温度、自然放置几天后，黄豆便自动发酵了，再加入调料搅拌，就成了色香味俱全的豆豉。做好后，她逢人便送一小瓶。一瓶瓶豆豉作为敲门砖，敲开了新的交往和生活之门。此后，她又兴味盎然地做了腐乳、泡菜、酸菜、甜酱等。再往后，她在店铺里买到做豆豉、馒头、醪糟、葡萄酒等的活菌种，这下子她做的食品更加丰富多彩了。

有一天，她告诉我，鲁迅笔下记载了绍兴人热爱梅干菜（又称霉干菜）的事迹。霉即菌，发酵即长真菌，她如是说。智慧之门日渐敞开，她由此走上自然主义的生活道路，远离洁癖的束缚，活得自在高兴。几年后，她回到原来的单位兼职，余暇时健身、跳舞、旅行，充实而忙碌。由于每天付出的体力十分可观，她的睡眠也变好了，感觉脑袋一挨枕头，再醒来就是第二天了。

此案例带给我们一些启示：

①不可滥用抗菌素。

②提倡用安全的方法自制发酵食品。

③自然平衡的饮食为佳。

④过度洁癖不利于健康。

⑤生活充实、付出体力很重要。

人体由于缺乏益生菌而引起消化不良、腹泻，是近年来较常见的疾病。比如常有外国游客不明原因地发生“旅行者腹泻”，那很可能是由于长途旅行中体内缺乏酸奶、奶酪等惯有的益生菌群而引起的。微生物与人体相生相克。肠道中的菌群种类成百上千，旨在帮助人体消化吸收。这些菌群约占大便重量的几分之一，天天都会被排出体外，所以要及时补充肠道菌群。

如果过度使用抗菌素，肠道里的正常菌群就会被杀死，而条件致病菌就会开始繁殖，从而引起菌群失调。有的国外医学指南要求患者在抗菌素治疗完毕后，必须吃酸奶、奶酪等补充益生菌。此外，饮用水在净化过程中要加入氯来杀菌，这也会抑制肠道益生菌。而市售的发酵食品多为批量生产，为防止腐败都会加入防腐剂，但若是过量，就会抑制肠道益生菌。

近年来，西方医疗界愈来愈多地尝试采用粪菌移植（Fecal Microbiota Transplantation, FMT）来治疗菌群失调类疾病，即把处理过的健康人的粪菌液灌入患者肠道内，帮助其重建正常菌群，恢复肠道内正常的微生态环境，以治疗肠道疾病。而中医采用粪便治病已有上千年历史。东晋的葛洪在《肘后备急方》中描述过用“黄龙汤”(人粪）来治疗食物中毒和严重腹泻的情况。明代的李时珍在《本草纲目》中也记载过粪菌疗法。除了人粪外，鸟、鸡、鼠、兔、蝙蝠等动物的粪皆可入药。

No.7

接受药物还是接受超标？

千万不要乱吃药，药物对肾脏的损害难以估量，不管是中药还是西药。

她 40 多岁，身为麻醉科医生，在起死回生的职业中干久了，平日里明察秋毫、包打天下，被大家戏称为“千手观音”和“烈火金刚”。这样的人自然而然就承担了双重负荷：除了把“蒙汗药”放得十全十美，家人的衣食住行也被她料理得井井有条，长年累月下来，家人皆变得懒而笨。

她经常开玩笑，标榜自己“刀枪不入、五毒不侵”，快 20 年没去体检过，言下颇为得意。但这个夏天，她觉得有点儿不舒服：心绪烦躁、入睡困难、胃口不好、体力不佳。但她还是不想去体检，因为太忙，觉得麻烦，甚至有些害怕。于是，她就继续打熬下去。可熬了好一阵子，越来越悬心：今天两肋有点儿酸胀，便怀疑是胃癌、肝癌；明天有点儿咳嗽，马上就想到肺癌；偶尔一阵心慌，便断言自己可能死于心肌梗塞。

终于，她下决心去体检。如果没啥问题，就好好活着，免得成天担惊受怕。她选了一个周密的体检套餐，把自己从头到脚筛查了一遍。拿到体检报告后，她发现自己小便中有潜血。尿常规结果为：镜检红细胞 16 个，潜血 ++。她立刻复查，结果相差无几：镜检红细胞 13 个，潜血 ++。接下来的几周，她天天查晨尿，红细胞总有十来个，潜血总是一两个加号，有时尿比重偏低，看来是肾脏有问题。她联想起自己这两年每晚都要起夜好几次，夜尿增多说明肾脏浓缩功能下降。再一想，血尿很快就会变成蛋白尿，然后是肾功能衰竭、高血压，接着就要做血液透析，最后只能靠肾移植活命了……想着想着便吓出一身冷汗。

她只好向肾脏内科医生求助。

第一位医生是个年轻的美女。迅速浏览了一大叠检查报告后，美女医生笑眯眯地对她说："你可以先观察一下，过几个星期再来复查。如果血尿持续加重，可以再做些其他检查。血尿最常见的原因是结石、外伤、肿瘤，这些目前都可以排除，你也没有感染。尿比重偏低，可能是当时水喝多了，稀释了，建议你密切观察一段时间。"

美女医生太年轻，说话轻言细语，感觉没什么分量。她又去看一位高年资的医生，对方正好是她大学的同班同学。这位男同学看上去十分疲倦，当年的圆脸已成了方的，胡子拉碴、神气萧然。他很有耐心说："怎么搞的呢？要重视这个问题。建议你先做个 12 小时尿沉渣计数，看看红细胞的形态；也可以做个 24 小时尿蛋白定量检测；必要时做个肾穿刺活检确诊一下。你这种情况多半属于自身免疫性肾脏损害，目前没什么好的治疗方法，病情会越来越重。"他越说脸色越晦暗，"以后每次小便化验结果，都会让你更加紧张。你得马上开始吃药控制，我先给你开点儿昆明山海棠，必要时再加上环磷酰胺，还可以用糖皮质激素。这个病疗效不好、预后不好，你一定要定期来复查。”

环磷酰胺是恶性肿瘤的一线化疗药，激素可能把人吃成满月脸、水牛背……她听得张口结舌，胸口憋闷，脊背上凉飕飕的。迷蒙中，听到同学在最后告诫：“饮食也要注意，要限制盐，减少蛋白质摄入，以免加重肾脏负担；脂肪和淀粉也要控制，免得三高。还有，要多休息，少活动。”她脑门上冒出了汗珠子，感到一阵阵眩晕。抬眼望望门外，候诊的人群黑压压地涌动，变成一团铺天盖地的黑雾。透过黑雾，她清楚地看到自己行将结束的命运。

她行尸走肉般地回到家中，坐下来长吁短叹。看到镜中那个面色灰白、形容枯槁的女人，她确信自己是病入膏肓了。全家老小见状惶恐不安，纷纷劝慰她。于是，她开始卧床休息，每日辗转反侧、胡思乱想。怎么办，难道坐以待毙吗？过了两天，她实在熬不住，决定再找个老专家看看。

她去专家门诊找到一位肾脏内科的教授，发现他原来是当年教过自己的老师。余教授约莫六七十岁，红光满面、轻松和蔼。她诚惶诚恐地自报家门后，余教授笑答："啊，原来是我们的学生。"他一边查看检查报告和处方，一边详细询问她的病史。她说自己得过哮喘、过敏性鼻炎、荨麻疹，现在有点儿神经性皮炎，但没用什么药。

对着她的一堆检查报告，余教授有些不以为然。他说："你看你查了那么多，可检查结果并不能说明你的肾脏有问题。尿里面有几个红细胞也没关系呀，有一种良性血尿，你知道吧？好多人都有过你这种情况。我知道一个人，有40多年的血尿，但人家直到现在还活得好好的。就算查到基底膜有点儿问题，也不用吃药。结合既往病史，即使你自身免疫有些问题，目前也没有药物治疗的指征，隔段时间再追踪一下就行了。千万不要乱吃药，药物对肾脏的损害难以估量，不管是中药还是西药。现在有不少病人，一查出点儿情况，就到处看病吃药，常常是吃了上万块钱的药，也没见什么好转，反而加重了肾脏负担，损害了肾脏功能，自己的心理和经济负担都重得很。"

看到处方笺上写着“昆明山海棠”，余教授有些生气，手抖了抖道：“这明明是乱开药嘛。我查房和讲课时，反复给年轻医生说过，不主张对单纯红细胞尿进行药物治疗。可他们不听，这就叫过度治疗。”她连连点头，惊喜得连眼泪都要流下来了：“是的是的，谢谢余教授！那我在饮食方面要注意些什么呢？”余教授答：“没什么需要特别注意的，粗茶淡饭就好，什么都可以吃。如今很多人主张这不能吃那不能吃，搞得不少病人入院一检查就是低血钠，还不是一日三餐缺盐嘛。”

如逢大赦般，她千恩万谢地走出诊室。抬眼一望，天窗上光波闪烁，外面和风煦煦，好一个美丽的夏日。回家后，她把所有检查报告都塞入塑料袋，锁进衣柜里。那一夜，她睡得很香甜，窗外栀子花、香樟树的气息丝丝入梦。早晨起来，她心旷神怡，戴上项链揽镜自照：镜中人面色红润、生机勃勃，与前几天相比判若两人。她无比庆幸自己遇到像余教授这样智慧、敬业、诚恳的前辈，否则病人的帽子可就戴稳了：肾穿刺活检、昆明山海棠、环磷酰胺、激素……想想就可怕。

她迅速回到“千手观音、烈火金刚”的状态。因为有“起死回生”之感，她拿出“向死而生”的态度，行事风格比过去更潇洒、更自在、更轻松。

光阴似箭，十来年很快就过去了。她一直健康而高效地运转着。每年体检的结果都很好，肾功能正常，唯有尿常规的两项指标年年如旧。一切正如余教授所预言的那样。

No.8

性别的困惑

有人既没长男性性器官，也没长女性性器官；有人同时拥有男性和女性的性器官；有人长得模棱两可，呈现出男女之间的过渡状态……唯愿后来手术的灵光能照耀到他们身上，赋予他们一种性别。

1983 年春天，10 岁的小夏从大巴山来到成都做手术，住进华西医院泌尿外科。小夏梳着刘海和两根短短的羊角辫儿，看起来是个秀气的女孩子。可能是大山里的生活太清静，小夏很喜欢看热闹，总是笑眯眯、眼巴巴地打望着病房里过往过来的各色人等，常常显得很惊喜，完全拿出了看坝坝电影[1]的态度。

1. 四川方言，露天电影。

小夏的泌尿生殖系统有严重的先天畸形，从出生就分辨不出是男还是女，因为TA既没长男性的性器官，也没长女性的性器官[1]。不仅如此，TA的膀胱和尿道也没长好：膀胱未合拢，下半部分是敞开的，没有尿道，下腹部一片淡红的组织源源不断地冒出尿来。这严重影响了小夏的生活。TA一站起来，尿就顺着腿往下流；躺下来时，尿就流在尿布上。所以，TA在病房里一般都不坐，白天站着，夜晚躺下。小夏也不穿裤子和袜子，只穿一件空空荡荡的对襟棉衣——长长的棉衣缝成一个圆锥体，由上而下罩住全身，下面只露出塑料凉鞋和脚背。TA腿上和臀部的皮肤经过十年的渗泡，形成了白色、红色的条纹和皲裂，棉衣也散发出相应的气味。小夏的父亲在病房陪伴，一刻不停地拖地、打杂、帮忙，随时面露笑容，显出一种朴实的喜悦。

---

1. 小夏的住院病历上，性别一栏填的是“女”，这是根据*TA*的刘海和羊角辫确定的。客观起见，对两性畸形患者，本文一律称呼“*TA*”。

小夏的手术从上午做到下午。手术目的有两个：一是将膀胱缝成口袋的形状，二是要造一段尿道来控制排尿。那段时间，我在泌尿外科做实习医生，因为分管小夏，所以上了手术台作为第三助手。我清晰地看到在一个小小的空间里，六只大手配合得天衣无缝，完成了那些无比温柔、细致、精确的动作：剥离、止血、抽吸、缝合、打结、剪线……一环扣一环，大夫们终于将膀胱的主要部分缝成了口袋，又把末端一小块膀胱粘膜卷成一个尿道。新造的尿道长约 8mm，直径约 2mm，里面放了一根火柴棍粗细的塑料管。安放好之后，只见淡黄色的尿液经过塑料管源源不断地流淌出来，尿道成型术就此完成。老师们说，希望新造的尿道能逐步具有括约肌的开闭作用，使新缝好的膀胱能充盈起来，渐渐发挥容器的功能。

术后第一天换药，小夏的伤口有些肿胀，引流尿液的塑料管被淤血堵塞，不大通畅。于是，我们就反复用生理盐水来灌注冲洗管子。但过了一两天，塑料管就完全不通了，我们只好准备换一根新的塑料管。由于新造的尿道粘膜肿胀、脆弱，管腔狭窄，致使拖动塑料管十分困难，好不容易才把旧管子拖出来，可新管子始终插不进去。虽然这项操作很简单，但疼痛是可想而知的。小夏治病心切，耐痛的能力惊人，哪怕痛得发抖，也只是狠狠地睁大眼睛，盯着天花板一声不吭。取出旧塑料管后，尿又源源不断地冒了出来，和手术前一样。

小夏一家是大巴山的农民，他们向亲友借债来做这个手术，价格不菲。术后一周出院时，父亲背上小夏，千恩万谢地走了。父女俩仍然和来时一样高高兴兴，让我看到了真正的乐观是什么样子。此后，我再没有小夏的消息。希望经过生长和发育的漫长时间，那个人造膀胱的容量能再长大些。

很多年过去了，如今的手术方法越来越先进，可谓八仙过海、各显神通。且不提各种极具难度的膀胱尿道成型手术，口腔粘膜、皮肤也可以被用来再造尿道；还有医生尝试借用一段肠子来代替膀胱；当然，外接一个塑料口袋来代替膀胱也是种自然、理想的办法。近年来，就连更复杂的变性手术也越来越成功。衷心希望小夏能有机会与某些先进的手术方法相遇。

在泌尿生殖系统先天性畸形患者中，小夏的病情属于比较严重的。而同一时间做手术的另一个男孩儿的情况要好得多。男孩儿 1 岁半，出生后就发现尿道根部下面有个黄豆大的孔，被诊断为“先天性尿道下裂”。医生给他做了“尿道下裂修补术”，也就是将小孔缝上。手术挺简单，效果还不错。

男孩儿妈妈说她怀孕前连续吃过六年避孕药，孩子是在服药期间意外怀上的。孩子出生后，很快就被发现有漏尿的问题。一家人非常惊恐，带他去好多医院检查过。产科、儿科、外科的医生都说，这可能是口服避孕药引起的畸形。万万想不到吃避孕药会吃成这样，妈妈后悔不迭。多数避孕药由雌性激素构成。若孕妇体内的雌性激素过多，就会抑制雄性激素发挥作用，也就无法确保男性胚胎的性器官正常生长，最终可能导致泌尿生殖系统畸形，比如不同大小或位置的尿道下裂。

除了避孕药，雌性激素的来源还有食品、化妆品，以及环境中的拟态雌性激素等。雌性激素过度作用的结果堪忧，大致包含下面几种：

①影响男性胚胎泌尿生殖系统的发育，诱发先天畸形。

②增加男孩患睾丸癌的几率。

③导致成年男性出现生育问题。

④诱发女性胚胎先天性早熟。

⑤诱发女孩性早熟、月经初潮提前。

⑥增加成年女性患乳腺癌的几率。

一些泌尿生殖系统先天性畸形患者在成年后，可能会面对别样的困难人生。对此，我印象很深刻。从医学院毕业后，尽管泌尿外科的老师们再三挽留，我还是选择了精神科这个更抽象、更广阔的领域。1990 年左右，在精神科门诊坐诊时，我见到过一位两性畸形患者。

在病历上填好名字后，TA 有点儿张皇地望着我问："医生，性别怎么填呢？"我暗自吃惊，尽量不动声色地答:“你平时怎么填，今天就怎么填吧。”于是，TA 小心翼翼地写下“女，29 岁”。TA 梳着两根齐腰的麻花辫，发梢干枯、肤色青黄、身材清瘦，穿一身黄色的旧军装，皮肤毛孔和双手骨节都很粗大。TA 声音沙哑，怯生生地不敢抬眼，坐下来后就低头盯着地面说话:“我妈说，我生下来时是男娃娃，两三岁时在厕所里遇到了坏人，过后就变成女的了……”

彼时，我已做了七八年精神科医生，见惯了各种惊世骇俗的行为和言论。我认真地点点头，表示完全听清楚了。

TA 的眼圈渐渐红了，头也埋得越来越低:“上幼儿园时，小朋友总要笑我，说我长得怪。解手时，我不晓得到底该进男厕所还是女厕所。后来，我就不去上学了。我从来不敢进公共浴室，也不敢参加招工体检，找不到工作，也不敢喜欢哪个，男的女的都不敢起心……街道上原先有个临时工小伙子，看我老实，想跟我好。哎呀，硬是没法……”说着说着，TA 的声音就变了调，“后来，我就只有关在屋头不出门，天天给妈老汉煮饭。哥嫂还要嫌弃，说我是怪物、阴阳人、公母人，不吃我煮的饭。现在连妈老汉都要嫌，我只有出来卖血，一个月卖几次……”

TA终于声嘶力竭地哭了起来。门外候诊区声音嘈杂，不停地有人张望，我关上了门。TA很快直起腰，掏出手帕来擤鼻、揩脸，口气变得很决绝：“我不想活了，反正在屋头，天天都是睡也睡不得，吃也吃不下，脑筋乱得很……今天，我就是来多开点儿药的，吃过去了就算了，免得……医生，你赶快开给我。我问了，挂一张号可以开七天的药，我挂了五张号。”说完就开始掏腰包。

我急忙道：“嗯，我也遇到过几个和你情况差不多的，后面在外头找了些事情做，像修自行车、收发报纸、摆地摊、帮人……还有人在院子门口摆个缝纫机补衣服的，林荫街上就有一个。开始都是不好过，睡不得，后来开了点儿药吃，慢慢地就好过些了。”我有点儿语无伦次，尽量给TA打气，直到那张青黄色的脸泛出些许柔和的光彩：“要得，我就是要去找……找他们。你也给我开几颗他们吃的那种睡药，我先吃几天……”说着，TA 眼睛突然一亮，“我干脆现在就去林荫街看看，你帮我给那人写张条子？”

好一个聪明灵活的人，TA 拿着条子高高兴兴地走了。过后，TA 又来过几次，神气越来越鲜活，渐渐地与几个病友都接上了头，有了互相说话的机会，还找到些事情做，总算能生活下去了。

从泌尿外科和妇科的检查报告看，这些患者的两性畸形情况多样。有人像小夏那样既没长男性性器官，也没长女性性器官；有人同时拥有男性和女性的性器官；有人长得模棱两可，呈现出男女之间的过渡状态。我见过的几位病人在衣着、发式上都打扮成了女性的模样。我猜测是为了如厕方便，也有可能是生活在女性世界里相对柔和些、容易些吧。他们在生活中的遭遇想来让人憋气。倘若人世间的悲剧可以衡量，那这种悲剧分量沉重。病人生活在黑夜里，两眼茫茫，与正常人生无缘，苦难似乎永无尽头。念及此，不由感慨，无论老天爷把我们生成男还是女，只要不是模棱两可就值得庆幸。

后来，我离开精神科，继续念书，失去了他们的消息。唯愿后来手术的灵光能照耀到他们身上，赋予他们一种性别。

No.9

修下水道的诀窍[1]

油是个好东西，能美容、驻颜、通便。人的七窍、皮肤和内脏粘膜，皆可用油来滋润。

1987 年，我在华西医院精神科做住院总医师整整一年，每周 6 天驻院，24 小时待命，遇到过很多突发事件，尤其是在半夜三更、阴气鼎盛的时辰。

一位 65 岁的男病人，有幻觉、妄想、躁动症状，住

1. 其他与油相关的内容，参见本书《蛇群缠腰的“拉奥孔”婆婆》一篇。

进精神科两个多月。因为患有严重的前列腺增生，他小便极其困难。泌尿外科医生会诊后，建议他尽快做“经尿道前列腺电切术”。由于他不肯合作，所以无法安排手术，只好临时给他插上导尿管。尿管显然不大舒服，动辄就被他扯掉，故常发生急性尿潴留。每当夜深人静时，便听到他高声叫唤，检查后往往发现膀胱很充盈，几达脐下，马上就得导尿。导尿管对尿道的刺激、摩擦过多，他的尿道渐渐受到损伤，排尿、导尿都越来越困难。

一天深夜，他又犯病了。夜班的医生护士个个束手无策，没人能插入导尿管。大家决定请泌尿外科医生过来想想办法。不久，一位泌尿外科医生急匆匆地赶到，迅速解开带来的包袱，里面是各种粗细、长短、软硬的导尿管，还有几种亮铮铮的金属探条。他挑了一根最细最软的橡皮尿管，打开一瓶无菌液体石蜡油，先用石蜡油仔细地涂抹尿管，又扶住病人的尿道口，倒了许多石蜡油在上面，把尿道口周围完全淹没了。然后，借着石蜡油的润滑作用，他轻轻地调整位置，很容易就把尿管插进去了。他插得如此熟练轻松，看起来毫不费力，众人看得眼神发亮。我联想起卖油翁从铜钱的方孔往葫芦里灌油，而油竟一点儿没沾到铜钱上的故事，看来这些都属于绝招。

这位泌尿外科专家有些得意地说：“我们插得进去主要是因为用油的技术，油是我们的法宝，油越多越润滑，创伤也就越小。你们看我用了那么多液体石蜡油，约摸有一个鸡蛋的分量，才把病人做舒服了。”原来他是某某地区医院的院长，来华西泌尿外科进修，难怪技术那么好。他还提醒大家，熟悉尿道的弯曲和走向很重要，导尿时要尽量选用最细、最软的尿管。聊到唐代孙思邈“葱叶导尿”（把一根细长的葱叶插进尿道，再用嘴吹开葱叶，尿液就从葱叶中流了出来）的故事，他笑逐颜开道：“这个办法嘛，大家意会就是了。”临走时，他不忘开玩笑：“我们这些人就是修下水道的，专门解决下半身的问题。”言毕哈哈大笑，夹着包袱迅速消失在夜色中，有种“仰天大笑出门去”的潇洒自在。

此后的年月里，我渐渐发现油的用处良多，能美容、驻颜、通便等，确实是个好东西。人的七窍、皮肤和内脏（呼吸、消化、泌尿、生殖系统）粘膜，皆可用油来滋润。老年人因为皮脂腺分泌减少，皮肤干燥、瘙痒，尤其要常搽点儿油。据圣经记载，在干旱的沙漠地带，信众们不是“受洗”而是“受膏”，即将橄榄油涂在头上和身上。如今时兴的芳香疗法始于古埃及，即用纯净的挥发性的植物精油，如玫瑰油、桂花油、樟叶油、薄荷油等，来滋润皮肤和呼吸道粘膜。若喜欢用食用油当然更好，自然而安全。

No.10

瘢痕体质[1]

瘢痕体质的人容易患上其他自身免疫性疾病，如过敏性鼻炎、荨麻疹、哮喘等，也容易发生药物过敏，所以吃药、打针、输液时都要慎重。

瘢痕体质属于过敏体质。当皮肤受损后，机体会过度反应和修复，从而形成过多瘢痕组织。有几件与此相关的事情，令我印象颇深。

(1) 双眼皮手术

1. 其他与过敏相关的内容，参见本书《带着神经性皮炎走四方》《高原上的荨麻与荨麻疹》《蛇群缠腰的"拉奥孔"婆婆》等篇目。

我曾认识一位美女，她看上去光彩照人，据说是某学校的校花。有段时间，她特别喜欢照镜子，每时每刻都恨不得照一照，越照越觉得自己不好看，便想把单眼皮做成双眼皮。父母怎么劝都不听。有一天，她悄悄地去做了双眼皮手术——把上眼皮的皮肤切下来火柴棍粗细的一条，再用最细的针线缝好，大约缝了十几针。拆线后，伤口愈合得不错，一双眼睛看上去顾盼有情，随时随地一抬眼便有秋波送出。

可几个月后，意外发生了。她眼皮上的切口瘢痕越变越粗大，针脚也越来越明显。又过了数月，那瘢痕竟变得像是一条粉红色的蜈蚣趴在眼皮上，着实有点儿吓人。

于是，上上下下求医问药就成了她生活的主要内容。许多年过去了，外擦药、内服药、物理治疗等尝试了很多，效果都不佳，瘢痕持续存在着。她只好戴上巨大的墨镜，连睡觉时也不想取下来。她的父母说："我们都有好多年没看到过她的眼皮了。"他们老早就把家里的镜子都取了下来，把玻璃和一切照得见人的东西都遮住。她越来越不爱出门，变得暴躁、苦闷、厌世，父母想方设法找了些抗抑郁药给她吃，好让她稍微高兴点儿。

(2) 打耳洞

她是个护士，某天兴之所至，与朋友相约一起去打了耳洞。她忘了自己是瘢痕体质，膝盖和手腕上还有摔伤后留下的瘢痕。果然几周后，她的耳洞口就长出了瘢痕，堵住了耳洞，且越长越大，竟超过了一颗绿豆。

怎么办呢？好在她天性聪慧，八方寻觅后终于发现一款景泰蓝耳环，有点儿像傣族姑娘的斗笠。耳环的金属夹子可以夹在耳垂的下半部分，恰好扣住那颗绿豆，还让她平添了几分妩媚。只是医院里规矩严格，医生、护士工作时都不允许佩戴耳环，她只好临时变通，用头发或围巾遮住耳垂，但即使这样也不符合护士的着装规范。后来，她索性离职去做了文秘，可以天天夹耳环。

(3) 烫伤

他出生在藏区，3 岁时不小心踩过火塘，烫伤了右腿肚子。伤好以后，腿上留下一块柿饼大小的瘢痕。谁知那瘢痕渐渐发红、发痒、长大、增厚，变得像个粉红蘑菇一样。他妈妈带他到山下的医院去把这块蘑菇切掉了。可几个月后，瘢痕又长了出来，且比原来的更大、更厚，快赶上一个巴掌大了。他妈妈又想带他去省城的大医院治，被奶奶给拦住了："不医了，男娃娃又看不见，穿条长裤子就行了。"等到20多岁时，他右腿肚子上的瘢痕虽长大了些，但颜色浅淡、较为平坦，对他的生活完全没有影响。

关于瘢痕体质，有几点需要注意：

①瘢痕体质的严重程度不同，一般皮肤的创伤越大，疤痕也就越大。因此，瘢痕体质的人尽量不要做像打耳洞、割双眼皮、酒窝成型等手术。

②可通过抗组胺药、手术、放射等进行治疗，但疗效均不佳。

③瘢痕体质的人容易患上其他自身免疫性疾病，如

过敏性鼻炎、荨麻疹、哮喘等，也容易发生药物过敏，所以吃药、打针、输液时都要慎重。

④瘢痕体质的人在肠道手术后更有可能发生肠粘连。

⑤瘢痕体质会发生变化，有的人成年后症状可能会缓解，有的人则会加重。

No.11

几乎绝迹的针刺麻醉

既然精神创伤和痛苦在所难免，那么痛彻肺腑、悲悲戚戚地过一天是过，欢天喜地、泰然自若地过一天也是过。在任何情况下，人都可以自主地作出相对良好的选择。

20世纪70年代，电影院里曾上映过针刺麻醉的纪录片，很是精彩。当时，还有各国医生来到中国观摩学习，看传统的银针是如何进行麻醉的。1976年，我恰好在省建工医院的手术室工作，常有机会近距离观察针刺麻醉的情形。

一天，医生要做两台女性节育手术：输卵管结扎。因为基层的医务人员要来参观，所以麻醉师头天下午就去病房选定了两位中年女性患者。她们俩都骨骼粗壮、肌肉发达、肤色黑红、沉默少言，也都是从建筑工地来的工人。麻醉师很和蔼，跟她们仔细讲解了针刺麻醉的细节和经过，希望她们能同意使用。开初，她们有些犹豫不决，但很快就点头答应了。于是，麻醉师立即拿出不锈钢针扎进她们手上的“内关”“合谷”和足内踝的“三阴交”等几个穴位，试了试针。她们似乎没什么痛苦的表情和反应，这证明她们的神经类型都算稳定。麻醉师放下心来，请她们明天一定密切配合。

第二天清晨，术前半小时，护士先为第一个女患者肌肉注射了常规的术前针：镇静药鲁米那、解痉药阿托品。然后，病人躺上了手术台。参观团一行十几人早已伸长脖子在旁边恭候：他们全身都被手术衣、帽子、口罩蒙得严严实实，分不出性别，仿佛一堵白色的墙，纹丝不动、无声无息地立在那里，只有一双双眼珠子骨碌碌打转，扫描着各种动静。

麻醉师先将不锈钢针扎进病人手脚的几个穴位里。这一批针是特制的，它们比普通的不锈钢针更亮更粗，末端有个小环，可以连上电极、电线，最后接在一个砖头大小的金属盒子上，这样就可以对穴位进行电流刺激。

金属盒子上有几个开关，可以灵活调节电流刺激的强度、频率和时间。扎针时，病人很安静，但穴位一通电，她就开始大喊。麻醉师连声安慰："忍忍哈，等下就好了。"病人也连声答应："好好，要得。"但只要一通电，她还是忍不住喊叫起来。断断续续地进行了十来分钟，病人终于不怎么喊叫了。

随后，麻醉师请主刀医生试试病人的痛觉。医生用有齿镊夹了一下病人腹部的皮肤，她又高声喊起来。麻醉师忙说："还没准备好，再等一下。"接着，麻醉师又为病人做了几次电刺激，逐渐增大了电流强度。几分钟后，主刀医生又夹了夹病人的皮肤，这次她没有喊叫。于是，医生就开始切皮肤。哪知手术刀刚切开葵花籽长的一小段皮肤，病人就哭喊起来。医生只好停手，用纱布按住切口止血。

参观团目光如炬，脖子伸得更长了。麻醉师有点儿慌地喊："加点儿局麻。"主刀医生迅速抽了几毫升普鲁卡因，将其注射在切口周围做局部浸润麻醉，然后按住切口继续耐心等待。过了一阵，医生又用镊子试了试，见病人没啥动静，才又接着切开皮肤，一层层循序渐进，很快就打开了腹腔。这时，病人又呻吟起来。医生对麻醉师说："她肚子紧得很，不好夹输卵管。"麻醉师就临时给她推了一剂静脉麻醉药，她很快便安静下来，陷入了深睡。医生立即夹住患者右侧的输卵管，快速地结扎、切断，接着又顺利地做完了左侧，最后由内而外一层层地缝好了腹壁。医生动作麻利，几乎是以闪电般的速度完成了手术。参观团看得眼花缭乱，终于把脖子缩了回去。

因为参观团的缘故，医院特意安排了一位年富力强的外科主任主刀。主任从上海医学院毕业后，被分配到四川支援三线建设，他技术精湛，人称"外科一把刀"。与主任配合的一助手也是外科的主力精英。他们俩配合得十分默契，充分演绎了"海派"手术的神速和完美。虽说麻醉过程有些不顺，但他们二位在台上始终宁静自在。

第二位患者的麻醉过程比较顺利，步骤依旧：先肌肉注射术前针，再在同样的穴位扎针，然后反复对穴位进行电刺激。电刺激刚开始，病人呻吟了两声；切开腹壁时，也加了点儿普鲁卡因做局麻，但没另加静脉麻醉药。手术中，病人基本没发出啥声音。手术完毕，病人显得昏昏欲睡。总体看来，第二位患者的针刺麻醉效果要比第一位好。

自此，手术圆满落幕，参观团叹为观止。

那几年间，针麻还常用于一些小手术，如牙齿、扁桃体、甲状腺、疝气、阑尾等。我记得，当时针麻配合局麻似乎对甲状腺手术效果较好。也有医生试过在针麻中辅以耳针，即按脏象学说选择耳穴，先在耳廓上扎针，然后进行电刺激。可惜其麻醉效果不大确切。几年后，大家渐渐不再使用针刺麻醉了。较之西医那些立竿见影的麻醉药物，针麻的效果不理想：一是麻醉诱导过程比较麻烦，麻醉不全；二是对腹部手术而言，无法解决腹壁肌肉松弛的问题。

时过境迁，现在针麻几乎绝迹了。当年的情景历历在目，我总认为针刺麻醉是有效果的，也一直诧异其镇痛的原理。思考阅读良久，我觉得关联最大的是阿片肽——人体产生的一种类似于鸦片的多肽类物质。据文献记载，华佗用鸦片做过麻醉剂。古希腊的医生发现鸦片对头痛、腹痛、腹泻、咳嗽、发烧、失眠、中风等疾病均有疗效。史怀哲医生也觉得鸦片是热带丛林行医必备之良药。

针刺麻醉的原理可能如下：

①针刺穴位后，再对其进行电刺激，会引起剧痛。而剧痛会让人体产生大量阿片肽，从而达到镇痛的效果。电刺激越强、疼痛越剧烈，阿片肽分泌得就越多，镇痛效果也就越强，甚至强到帮助病人承受手术刀的切割。

②穴位、经络的分布与周围神经的走向大致相同。电刺激穴位本质上就是刺激神经末梢，这有助于激活中枢神经系统，从而产生大量阿片肽。

那么，两位女患者的麻醉效果不同该怎么解释呢？这可能源于个体差异。

①不同个体对疼痛的生理感受不同。有些人对疼痛

极度敏感，常常“于无声处听惊雷”，他们甚至会有“自发性疼痛”，即在没有刺激的情况下自发产生疼痛。在一些西方国家，“疼痛诊所”颇为时兴。很多就诊者周身上下疼痛不堪，但始终查不出相应的病理改变。而另一些人对疼痛却不敏感。比如常年从事重体力劳动的人、运动员等。

②不同个体的心理感受也不同。虽然人一生经历的生老病死等重大事件大致等量、同质，但面对相同的创伤，不同人的痛苦体验程度完全不一样。有些人生来精神上就非常痛苦，甚至痛不欲生，并持续终生。

③身心一致。精神敏感的人身体也敏感，反之亦然。而且，敏感是物种进化的标志之一。敏感者更聪慧，也更痛苦，这恐怕是人类为发展付出的代价。

从更宽广的视野来看，疼痛和痛苦未必全是坏事。疼痛会使身体产生阿片肽，而阿片肽能让人提起气来兴致勃勃地生活。比如剧烈的运动会引发身体疼痛，继而却会让人愉悦。除了肌肉无氧运动产生的乳酸让人欢欣外，更多则是阿片肽的作用。它不仅帮我们熬过种种“疼痛”，还让我们高兴地康复并体验到新的生命力。所以，阿片肽又被称为“青春荷尔蒙”“快乐荷尔蒙”。那些在苦难中习得超常乐观与幽默的人，或许都该感谢阿片肽的坚定辅佐。

尼采说过：“凡不能毁灭我的，必使我强大。”这或许也可以用来形容痛苦的意义。借助阿片肽的功力，往日承担过巨大痛苦者，今日也可承担更大痛苦；今日承担巨大痛苦者，他日亦有望承担更大痛苦，且青春快乐永远。既然精神创伤和痛苦在所难免，那么痛彻肺腑、悲悲戚戚地过一天是过，欢天喜地、泰然自若地过一天也是过。在任何情况下，人都可以自主地作出相对良好的选择。

No.12 绿豆和西瓜

人的言语可能迂回曲折或存在套路，表情可能瞬息万变或戴着面具，肢体动作也能刻意修饰，但画笔的表达却简明又直观。

华西医院是西部医学重镇，日日夜夜车水马龙，热闹程度堪比成都最繁华的商业街春熙路。1990 年，我在华西医院精神科坐诊，半天至少要看 20 个号，每个病人最多只能摊上十几分钟。我随时提醒自己，要打点起十二万分精神，详细考究每位患者的病史、检查、诊断等。但遇到疑难重症时，我常常要花上半小时甚至更久，连如厕、喝水都挤不出时间。

记得有一次，一位严肃的中年男患者刚坐下就伸着脖子、争分夺秒地开讲，连手上提着的菜油桶都顾不上放下，仿佛操练着静功。我唯有单刀直入地截取患者与家属的叙述，才能尽快获得有效信息。碰上来开药的病人，往往没等他们坐下来，我的处方就开完了，这样才能匀出点儿时间来。久而久之，我内心有些惘然，感觉自己在机械地打发病人，就像影片《摩登时代》里流水线上的工人。

当时，我做精神科医生已有 7 个年头，何去何从，似在考量之中。恰逢来自加拿大的彼得医生推介绘画测验，对众人随手涂鸦进行点评，过程简单，结果灵验有趣。于是，我在门诊准备好许多彩笔、纸张，要求每一位候诊的病人和家属都先在门外画画，画好再进来就诊。稍加解释后，大家都乐得涂鸦一阵。

透过画面，我能捕捉到丰富的信息，远远超过从患者的语言、表情、动作中捕捉到的东西。人的言语可能迂回曲折或存在套路，表情可能瞬息万变或戴着面具，肢体动作也能刻意修饰，但画笔的表达却简明又直观。画的内容、色彩、构图都能投射出作画者的内心世界。抑郁的人笔力虚弱，容易强迫地画一些重复的线条，画面纷乱不安，笔触僵硬细碎；自恋的人喜欢刻意修饰；分裂的人画得离奇古怪；意识障碍的人常常无法落笔……此外，色彩的选择也能反映出人的情感基调。而且，患者和家属的画之间常常存在某种相似、关联和呼应。画如其人、如其知、如其情、如其意，一幅涂鸦的自我表现力是巨大的。

从此，我心门大开，坐诊的效率和兴趣越来越高，上班变成一件乐事。这段经历成了我精神科医生职业生涯的亮点，也启发了我日后的选择。渐渐地，我走上了用心理测验、投射技术做研究、搞治疗、写作、讲课的道路。

坐门诊时，有个神经症的案例让我印象深刻。患者是个虎头虎脑的小伙子，粗粗短短的黑发茬子剃得很齐整。“我挂的是 1 号，可我没文化，没拿过笔，不晓得咋个画。我就是周身没得劲，手脚发软，做不得田头的活路，吃也吃不进，睡也睡不着，有好几年了。”他进门就拿着白纸客气地道歉，说着从包里摸出一堆病历和检查报告，“我到处都看遍了，啥子检查都做完了，吃了好多中药、西药，都不管事。他们喊我来看精神科。我还头昏、眼花、颈子硬、胸口闷、心发慌、腰杆酸胀……”

看他一时半会儿讲不完，候诊的病人又挤进来很多，我只好说：“这样吧，你还是把纸和笔拿去，到外面坐下来画张画，随便画啥都行。等我把这几个病人看了，你再进来？”他依旧说：“我画不来这些。”我坚持道：“你试一下，就画最简单的，画好就进来。你看他们都已经画好了，排了那么久了。”他拿起纸笔，迟疑地出去了。过了一会儿，他又挤进来，纸上空空如也：“我不会画，从来没有拿过笔。”我和颜悦色地告诉他：“随便画个什么都行，画个圈都行。”

近中午时，满屋的病人才走空了。他踟蹰着进来，仍旧拿着一张白纸。我有些哭笑不得：“无论如何要画一些才看得到病，要不你拿回家去画好了，下午再来？”他左顾右盼、张皇无计，终于憋住气，笨拙地抓住笔杆，抖抖索索地在纸的右下角画了个绿豆大小的圆圈。我问他：“这是个什么呢？”

“不晓得”。

“你觉得它像什么呢？”

“这个……好像有点儿像……我的味道。”他低下头，有些局促地说。

我心里一惊，打量了一下他肌肉扎实的身板：“你是这样的吗？”

“我……是这样的。”

我脑筋一转道：“那你再画一个家里的人，好吧？”

他停顿片刻，屏住气在纸的正中画了一个巨大的圆。那大圆圈状如西瓜，几乎占据了整个纸面，把右下角那颗绿豆挤得无声无息。他定了定神，出了一口长气，把纸递给我。

我有点儿诧异：“这是什么呢？”

他眼睛眨巴了一下："这个大的就好比我屋头那个……我的婆娘。"

"她是这样的吗？"

他似乎想起了什么："是，她是这样子的。她身体好，做得田头的活路，还要弄屋头、带娃儿，啥子都是她做。"

"那是怎么回事呢？那你做什么呢？"

"我刚才说了嘛，我身体不好嘛。"他颇为惭愧。

"你身体不舒服有多久了？"

他沉默了好一阵，深吸一口气道："主要是我小时候饿过饭，冷天没得衣裳穿，从小就要做活路，身体吃了亏……"接着，他突然张大嘴巴说，"那一年，队上拉着我们一车男人到县医院去做结扎手术，就是那次过后……"他似乎恍然大悟，眼睛鼓得很圆，"哎呀，对的，过后我就不行了，肾虚得厉害。原先我好得很，田头外头啥子都是我做……”

原来如此，牵一发而动全身，难怪他周身上下都不好了。于是，我用处方签画了张简略的图，耐心给他解释结扎手术的道理，说明手术对身体并没啥大的影响和害处。他边听边点头。接着我又说，他得做些体力活才吃得好、睡得香，周身才通畅、舒服。

聊了一阵，他的脸色看上去比刚来时红润些了，眼睛也明亮多了。最后，他问我：“那我像是没得啥子病哈？干脆不开药，回去做点儿活路算了？”我连连点头：“对的，你都吃过那么多药了，索性就停一段时间。如果还有啥子不好，随时都可以来看。”他放下心来，高高兴兴、脚下生风地走了。

按当时精神医学的诊断标准，小伙子的病或许可以称为“计划生育术后神经官能症”。而绿豆和西瓜的画，帮助他看清了自身的境况，领会到真实的病因。后来我常想，做过绝育手术的人千千万万，不知其他人感受如何。如果叫夫妻们都来涂涂鸦，随便画画过去和现在，可能是件很有趣的事。我们由此对世界和人心可能会懂得更多。

画如其人，绘画能投射出一个人的内心世界。因此，我们能通过绘画间接地获知一个人的心理状态，这便是绘画测验的原理。

No.13

绘画治疗：一条自我表达之路

许多人凭借绘画的契机与外部世界产生了联结，渐渐走出了自我的囹圄。无论怎样负面的心理体验，若能以纸和笔为媒来表达，就算是有了建设性的出路。

20 世纪 90 年代，我深入学习心理测验，比如英国的瑞文推理测验、罗夏墨迹测验、主题统觉测验等。因此，我便有机会走进绘画领域，并参照上述测验设计了图形镶嵌测验、图形投射测验。

2000 年，四川大学邀请波兰籍心理学家、艺术家拜尔康斯基一家三人（父、母、子）讲授超个体心理学、催眠术、现代版画、装置艺术。天高地阔，我开始洞悉无意识的能量以及自由创造的可能。

而且，我有幸欣赏到众多高人雅士的绘画作品，如歌德、勃朗特姐妹、泰戈尔、黑塞、纪伯伦、木心、李政道等人的画作，更加确信艺术与其他学科的贯通性。在黄原老师的墨华艺术研究会上，我受邀讲解了荣格的曼陀罗绘画疗法、达利作品的心理分析、墨西哥壁画运动等。

由此，我的道路日渐广阔：在四川大学哲学系教授美学概论、艺术心理学等；给各国留学生讲授中国艺术，包括书法、绘画、篆刻、泥塑、剪纸等；在川大开设艺术心理学硕士点，指导研究生论文，完成“心身疾病的绘画治疗研究”等课题。

画家黄原老师说过：“自须我就山川，亦须山川就我。”绘画治疗既然以表达个人体验为唯一目标，那就可以采用任何方法来达成目标：鼓励创造性幻想，鼓励独出心裁、天马行空的内容与风格；提倡各种画法，如油画、水粉、水彩、素描、国画、蜡笔画、彩色铅笔画等；提倡画在各种材料上，如纸张、画布、服装、布袋、手绢、木镯、绢扇、窗帘、书包、墙壁、木板、玻璃等。

我亦按照传统师徒制的方法来教授学生，不论其绘画基础，只要能画出来、画下去就好。这些多元尝试激发了学生的兴趣和激情，好些人自此爱上绘画，日积月累之下成效可观。

大部分心理疾病都与焦虑有关。像高血压、冠心病等典型的心身疾病就是由长久、高度的焦虑引起的，而精神分裂通常都伴有严重的焦虑。而绘画能让人全身心倾注其中，付出体力与心力，从而缓解焦虑，有助于人发现自身的真相、潜能、价值，发掘新的生活意义，带来全新的体验和成就感。很多患者在这条全新的道路上走得迫切、真诚而彻底。他们的关注点可能更简单、更纯粹，画风也更私人、更独特。许多人凭借绘画的契机与外部世界产生了联结，渐渐地走出自我的囹圄，获得了新的身份。无论怎样负面的心理体验，若能以纸和笔为媒来表达，就算是有了建设性的出路。

（1）绘画治疗精神分裂

小陈 20 岁时患上精神分裂症，有听幻觉、被害妄想、被跟踪感、被洞悉感等症状。她曾因听幻觉自杀未遂，多次住院，但病情控制不佳，药物剂量越来越大。渐渐地，她身体发胖，表情呆滞，双手颤抖，闭门不出，甚至连生活都不能自理。

小陈的哥哥是我的学生，一直很担心妹妹的状况。我便趁着出差的机会去探望她。她家中原有几本字帖和《芥子园画谱》。当她病情稳定时，我便指导她断断续续地练习、临摹。最初，她临摹颜体书法，随后又临摹《芥子园画谱》的花卉册。慢慢地，她不再那么躁动不安，每天下午都能临摹一两个小时，也不大关注幻觉、迫害、跟踪等事了。

每隔两三周，她就会临摹出一张画来，却完全不像范本，反而更接近“原创”。那些画往往墨色奇异、枝叶错杂，结构上不合章法，看起来独特、笨重、单调、重复。而那正是她心理状态的投射，符合她内心世界的章法，有一种独特的令人惊讶的美。画装裱后挂在茶铺里，常有人驻足观看，甚至有人询价和购买。

从此，她日渐找到生活的重心，开始独自出门去理发、买报等。如果有人问她是做什么的，她会答“我是搞艺术的”。她仍临摹颜体，但写得随意，画中流露出浓浓的个人味道，令人欢喜。

后来，她发病的次数越来越少，服用的药物剂量也越来越低。她身心愈加自由灵活，常去城西看画展、买文房四宝。一日适逢良辰佳境，她邂逅了一位有意男士，最终成就一段美好姻缘。

斯事正未有穷期。我由衷期待能在绘画与心理学、医学的交汇处收获更多的知觉与表达。来日方长，道路将指向何处，尚有无限可能性。

（2）绘画治疗心身疾病

她今年 82 岁，独立生活，身心俱佳，不吃任何中药和西药，每日专心致志地写字、作画、读书、教学，呈现出与往日截然不同的生活风格。

她30多岁起出现重度失眠、白血球减少、功能性子宫出血、贫血等症状；53岁时出现心律失常、房室传导阻滞、窦性心动过缓、阵发心房纤颤、左心室肥厚等症状，被诊断为高心病、冠心病。此后，她便三天两头地住院，平时采用多种药物治疗，人变得惊恐、烦恼。

60岁时，她开始练习太极拳，心脏情况渐趋稳定。她便着手考虑自己的老年生活，最后选择了丹青书画之途，由此开启了人生的第二个春天。

她买来笔墨纸砚，打点好一个大书包，到成都翰林书画院去学习书法，每周两次课，风雨无阻。书法和瑜伽、太极有相通之处，站立悬肘书写是一种全身活动，有健身的妙用。她逐一临摹楷、行、隶、篆、草等书体，无比投入和自在，身体也日渐康复，求医问药的时日越来越少。

书画同源。在练习书法的次年，她自学国画，选择写意花鸟方向，专攻梅、兰、竹、菊。她潜心临摹古今佳作，参观画展，观摩师友创作，参加户外写生。数月后，她便开始独立创作，雍容牡丹落笔即成，丹青气韵令人赞叹。她的作品渐渐受到欢迎，在成都市与四川省的书画展中多次获奖，并为国内外爱好者收藏。

70 岁时，她在四川大学海外教育学院从事中国艺术教学，指导留学生学习和创作中国传统书画。她按照传统师徒制方法教授中国书画，注重现场示范，深受学生欢迎。同时，她还参加了四川大学绘画治疗的科研项目，指导各年龄段的患者以画为媒表达心声、舒缓心情。白发苍苍的她志在千里又宁静潇洒，常常让晚辈观者顿悟青春可贵，感慨一切皆有可能，各种不良心绪因而得到缓解。

学无止境。如今她正在倾力探索新的画风、书体。心灵的专注和舒展，让她丢掉了诸多病痛，也放下了诸多烦恼，生活因而平添了更多幸福和意义。用她的话来讲："今生能与书画结缘，可谓幸运之至。"

她便是我的母亲，也是我从事绘画治疗以来最成功的个案。家门不扫，何以扫天下？与诸君共勉。

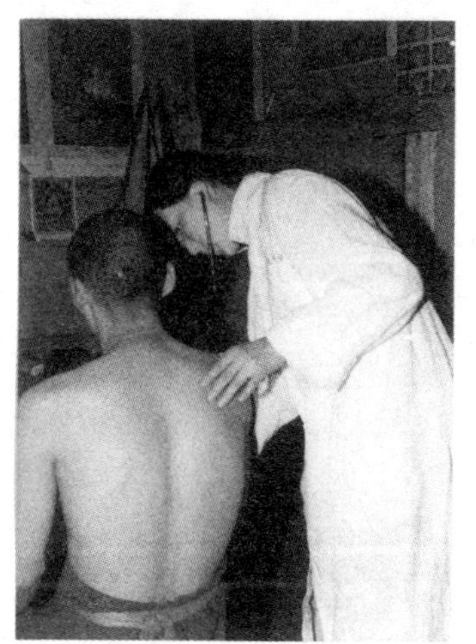

2000年，我在四川阿坝
给藏区同胞义诊。

二

路上

No.1

生死列车：高热抽搐的男孩

病人由于脱水、中暑而发生了昏迷、抽搐。我相当于“无为而治”，捡了个便宜。

1997 年，我在上海医科大学学习，儿子在附近的中学上初一。暑假时，我们俩乘火车返回成都，一路上要花 30 多个小时。时值三伏天，酷暑难耐，即使开着车窗，车厢里也如火炉般炙热。男女老少都汗流浃背地打熬着：赤膊打扇，发呆出神，打牌，嗑瓜子，打瞌睡，泡方便面，摆龙门阵……一小时又一小时地挨着，等列车爬上秦岭山脉，我发现窗外土坡的草皮上居然有星星点点的残雪在闪烁。那一小会儿，车厢内终于有了一丝凉意，大家的呼吸也才稍微顺畅了些。

列车呼啸着西行，不舍昼夜。入夜后，车厢里仍然像蒸笼一样闷热。突然，喇叭发出“嘶嘶”的声音，列车开始紧急广播，听着有点儿惊心动魄：“旅客们请注意，旅客们请注意，列车上现在有重病人，哪位旅客是医生，请马上到餐车来……”广播重复了一遍又一遍。我赶紧从背包里拿出听诊器，又摸出工作证，匆匆忙忙地赶到餐车。列车员正连声吆喝，让围观的人们都退出去。

餐车中央坐着一个怀抱孩子的年轻的农村姑娘。她惊恐万状，脸颊通红，眼泪、鼻涕、汗水顺着下巴流淌；而她怀中的小男孩儿正在抽搐，牙关紧闭，周身通红滚烫，看起来病情危重。我连忙请列车员再广播一下，看看车上还有没有其他医生；务必通知最近的车站准备好，以最快速度把孩子送去医院急诊室。我又请列车员在餐桌上铺了好几层厚厚的餐巾，再把孩子轻轻地放上去，用手深深地掐了一下他的眉弓。但他完全没有反应，看来是昏迷了。我快速评估男孩儿目前的状况：体温 39℃以上，心跳约每分钟 140 次；呼吸急促，抽搐间隙脖子是软的；腹部鼓胀，未闻肠鸣音；没有疝气；骨关节灵活，皮肤没有外伤……

餐车上人少，风要大一些，男孩儿皮肤的颜色似乎也被吹得浅了些。忽然，他肚子一紧，张嘴就开始呕吐，糊状物大口大口地涌出来。我赶快把他抱起来，让他身体直立，同时扶稳他的头，让他头颈向前方倾斜，以免呼吸道被呕吐物堵住而窒息。他呕出的浅紫色糊糊里夹杂着黄色、酱色、灰色的颗粒，看上去触目惊心。是脑炎、脑膜炎、伤寒、痢疾、霍乱，还是其他烈性传染病？我脑子像走马灯一样地飞速旋转。列车晃动得厉害，我略微屈膝站成马步样，紧紧地抱稳孩子，同时庆幸自己做医学生时学过一些太极拳。我感到他的身体沉甸甸、滑溜溜的，且滚烫烤人。只要肚子一紧，他马上就会呕吐。热烘烘的糊糊顺着我的手臂、大腿接二连三地滑落到地上，弄了一滩又一滩，约莫有两大碗。列车员手忙脚乱地把它们扫进撮箕。

列车长急匆匆地挤进来商量。这里离下一个大站广元还有 3 小时车程，离成都还有 8 小时，肯定来不及。不过，火车半小时后要经过一个小站，可以临时停车，送孩子去医院，他已经联系了站上值夜班的人。我问医院有多远，他说离车站只有几公里，是家小医院。我点点头。看来列车长精明能干，铁路系统似乎另有一种效率和章法。幸好只有半小时了，无论如何都要争取让孩子活着下车。

小男孩儿呕吐了一阵后，渐渐消停下来。他的肚子变小变软了，抽搐也停止了，但身上仍旧很烫。他妈妈说上车前买了十几罐八宝粥，看他哭闹得凶，以为他饿得很，就不停地喂给他吃，结果都吐了出来。

我继续抱着他，仍让他处于立位。他浑身都软下来，头耷拉在我肩上睡着了，微微听得到鼻息。过了会儿，他迷迷糊糊地动了动嘴唇，我就叫他妈妈试着用调羹给他喂了半勺温开水。他“吧嗒吧嗒”地抿进嘴里，喉咙里发出“咕嘟咕嘟”的吞咽声，看样子很渴。于是，我们一点儿一点儿地给他喂水，大约喂了二三十克。他的眼皮慢慢地张开了一条缝，然后便越睁越大，眼神也越来越亮。

我这才注意到，孩子的爸爸也站在旁边。他是个年轻的军人，军帽歪戴在后脑勺上，眼泪、鼻涕、汗水挂在湿漉漉的脸上。此刻，他发现孩子的眼睛睁开了，他自己的眼睛里也发出光芒，仿佛星星一样闪亮耀眼。我侧身把孩子交给他，哪知他不敢接手，微微往后缩，转头去看孩子的妈妈。年轻的妈妈只好小心翼翼地把孩子接过去，也不大会抱，动作紧张而笨拙。这对父母实在太年轻了，自己都还没长大。不一会儿，小男孩儿居然用手攥住了调羹，还要喝水。

餐车门口挤满了一张张关切的脸，不离不弃。列车长又匆匆挤进来说："马上到站，就要临时停车了，赶紧准备下车吧，医院都联系好了。"小夫妻俩有些惊吓，怯生生地望着我说："孩子已经好多了，外面天又黑，下了火车不知道怎么办，下不下去呢？"说着说着，两个人竟流下眼泪来。我犹豫了下说："还是去医院急诊室吧，更安全。不能给孩子吃东西，可以再喝点儿水，喂水时要小心，千万不要呛到气管啊。赶快去医院，一切都等到了医院再说。"年轻的军人慌慌张张地收捡着玻璃奶瓶、军用水壶、调羹、茶缸、尿布、衣服等，把它们都塞进蓝布包袱和军用挎包里。

很快，脚下地动山摇，火车头喷着粗气，“轰隆隆”地停下了。小站上五颜六色的灯光同时在闪烁，车厢外的脚步声和人声纷纷传来：“这边这边，18 号车厢。”列车似乎还没停稳当，车门就打开了，只见上上下下好多双手在帮忙。一瞬间，一家三口就下了车，只听见纷乱的脚步声迅速远去，消失在夜色中。

列车加速前行，在黑夜中飞快地西去，我回到自己的车厢里。儿子问我：“刚才是有人生小孩儿么？”“不，那个孩子 1 岁多，是高热抽搐。”“喔，我看他光溜溜的，以为是才生下来的婴儿。”同行的一位乘客目光炯炯地盯着我问：“我看你行事稳健，常常遇到这些事情吗？”我迟疑地回答：“啊，是的，有时会遇到。”我心想：你看我很稳健，却不知道我心里有多焦急、多恐惧！万一孩子得了烈性传染病呢？万一高热癫痫持续呢？万一呼吸心跳骤停呢？……当时我也顾不了那么多，只能走一步算一步，操空手道，无为而无不为。

天边出现了一抹晨曦，快要到成都了。列车长带着几个列车员过来向我道谢，于是一起聊聊。列车长问小男孩儿是什么病，我说他可能是由于中暑、脱水、高热而引起抽搐，到了餐车后被风一吹，体温降了点儿，抽搐就好了些。此外，他呕吐后，全身情况可能也好转了些；补充水分后，体内循环又好了些，意识就恢复了。情况大概如此，但我也没有十足把握，所以要尽快送去医院，以防万一。列车长连连点头道："父母看起来太年轻了，没有经验，八宝粥实在喂得太多了。"旅客们也七嘴八舌地说："对的对的，如果改成喝水可能就没有这场事了。"

列车长又说："我们车上一般只备有简单的药品，但常常遇到旅客生病。幸好也常有医生在车上，我们广播一喊，他们很快就来帮忙了。还有乘客在车上生娃儿，可能是火车颠簸震动的缘故，提前了。"一位女列车员补充道："我都帮忙接生过好几个娃儿了，急得很，搞都搞不赢。还有一个女乘客直接就把娃儿生在厕所里头了，吓人。"列车长接着说："我们会按照列车上的惯例，给她们煮几个红鸡蛋。"男列车员开玩笑说："医生，如果你有熟人难产，可以带上车来，我们这个车专门助产的。我们也好跟着吃个红鸡蛋哈。"

众人开心地握手言别。孩子的病情看来较为单纯，估计只是中暑、脱水，所以迅速地好起来了。我相当于“无为而治”，捡了个便宜。

此次经验宝贵，故特别总结一下：

① 如果有人出现高热、抽搐、意识障碍等状况，要注意其体位，防止窒息、避免跌伤，尽快去医院治疗。

② 夏天在旅途中，无论男女老少，都容易发生脱水，所以要多喝水。此外，旅途劳顿，人的消化功能不好，饭不能吃太多，否则食物滞留在胃里，多了就会冒出来，甚至还会发生更严重的问题。

No.2

乌兰巴托：托尔斯泰的拯救

他是个酒鬼，但他有托尔斯泰式的尊严。

戴维是一位文学中年，20 世纪 90 年代初从加拿大来到乌兰巴托当教师，常年讲授俄国文学，主攻托尔斯泰。可托尔斯泰的博大精深并没能完全占据他的心灵。那些天寒地冻的日日夜夜，他也开始像青年托尔斯泰一样放逐自己。蒙古国的冬天很长，当大雪封住蒙古包低矮的木门，他只好闭门独酌。春天来了，一有机会他就与牧民们结伴豪饮忽必烈白酒、成吉思汗啤酒、伏特加等。渐渐地，他变得无法自控，仿佛着了魔，展现出性欲、暴力和死亡的倾向。这些阴影笼罩着他，也引起了众人的不安。

彼时，戴维属于蒙古国的一个 NGO 教育协会（后面都简称为 NGO），NGO 决定将他遣返回国。对他而言，遣返当然是奇耻大辱。当 NGO 的领导正式与他谈话时，他十分暴躁地回答："如果我有支手枪，就立即自尽。"闻者无不心惊胆寒。于是，NGO 的领导立即找到我，希望我能评估和处理戴维的酒精中毒状况，并护送他回国。他们正在为他预订最早的一班飞机，希望后天一早就能登机。临走前，领导再三嘱托我这几十个小时一定要确保他的安全，千万别发生意外。

戴维当晚就住进了医疗站旁边的小客栈，常有南来北往的病人们在此栖身。客栈的门房是个结实的蒙古小伙子，他连声道歉说这几天下面两层楼的暖气管道坏了，只好让我们住在三楼。我出去打望了一圈，发现三楼的窗户离地面足有 10 米高。我马上想请小伙子在戴维的窗下丢些软垫子作为缓冲，以防万一。但转念一想，这样做未免太刻意，况且冰天雪地的，叫人去哪里找合适的软垫呢？就算他真要自尽，也不一定会选择跳楼。

夜雪纷纷，我在楼下的雪地上转悠了好一阵，望见三楼戴维的房间里透着灯光，想起他赌咒自杀的话，实在悬心，干脆爬上楼去看看。他在收拾行李，我没看到酒瓶，也没闻到酒气。房间里铺天盖地全是书，新新旧旧的摆满了床和桌子，其中大部分是托尔斯泰的作品，除了俄语原版，还有英、德、法、蒙等好几种语言的译本。他面色发红，双眼炯炯有神，我便坐下来认真听他谈俄国文学：托尔斯泰的信仰、沙皇、农奴制、聂赫留朵夫、安德烈、安娜……他不时地站起、坐下、踱步、挥手，像讲课般侃侃而谈，思维清晰，了无倦意，直到窗外出现了一抹晨曦。感谢托尔斯泰。看来他一直在寻找另一片星空、另一种超越的生活，他灵魂里仍充满了能量和希望，一如中年的托尔斯泰。

乌兰巴托的大街上矗立着不少列宁的雕像，戴维恰好剃了一个列宁式的光头。回医疗站之前，我拜托门房小伙子多留意戴维的行踪："三楼那位光头先生有点儿不清醒，出了门可能会有危险。如果他出去，请你悄悄跟着他，看他去了哪里，有情况随时告诉我。"小伙子连连点头，深深地哈气，嘴里冒出了一团团白雾。午饭后，小伙子陆陆续续打来好几个电话，气喘吁吁地跟我报告情况：“光头先生出门了，走进了百货商店，买了笔和纸……他刚出来，进了厕所……又进了邮局……”两个小时过去了，客栈门前的雪地上总算出现了一前一后两个身影，他们回来了。小伙子脑门上冒着蒸汽，惊魂甫定地跟我汇报：“光头先生回房间了。幸好他个子大、头顶亮，要不一进百货商店就看不见了。”

谢过小伙子，我急急忙忙地收拾行李。飞机要坐几十个小时，我必须要准备简易的急救包，以及口服和注射的镇静药。我突然意识到，戴维已经有一两天没喝酒了。不知道他平时酒量多少，假如在飞机上突发恶性的戒断综合征就麻烦了。我想带上一小瓶伏特加，可又担心无法通过机场安检，就在包里放了一盒包装完好的含酒精的酸奶。万一他出现高热、震颤、谵妄等戒断症状，就临时让他喝点儿，缓解一下。同时，我准备了一份文件，说明自己何日因何故携带何种药品和医疗器械，从乌兰巴托经莫斯科、上海，再到温哥华某精神病院，随后请人送去NGO，分别用蒙文、俄文、中文、英文打印出来并签字盖章。

很快，NGO的领导就把文件送过来了，告诉我机票已落实，明早8点起飞，接着他有些忐忑道：“这次遣返不是直接回家，而是让他先住进精神病院治疗酒精中毒。所以，务必请你上路前就让他签署知情同意书，自愿去住院。”我问：“可不可以等上了飞机再说？到医院之前，我一定找个机会让他签字。在飞机上签，可能好办些。”领导慌张起来：“那不行，必须提前告知他，否则就是违法的。你必须尽快让他签字。医生，你好自为之。”说完他就借口开会，溜之大吉。

下午，戴维来医疗站发电子邮件。他目光清朗，神色自如，坐下来写了好一阵，并没有烦躁、手抖等迹象。我掂量再三，开口对他说：“嗯……我们坐明早8点的飞机离开，后天到温哥华。你这次比较幸运，到那里后要先治疗，一般三周后就可以出院，不会住很久，你可以好好休息休息，一切费用都由NGO承担。以后，你可以设法再回到这里……我也非常希望你能去中国讲讲托尔斯泰。”好歹磕磕巴巴地讲完了，只有最后那句说得恳切而流畅。他听得发愣：“嗯……去中国？”看他眼神有点儿茫然，我赶紧把同意书和笔递给他，说道：“戴维，这个要签下字。”他一边看着文件签字，一边跟我大讲托尔斯泰在中国是如何家喻户晓：“你知道吗？有些中国女孩的名字就叫安娜。早在二战前，就有中国人把《复活》排成了话剧。托尔斯泰本人很喜欢老子、孔子、墨子这些人……”

签完字后，戴维起身在房间里踱步，呼吸声越来越重，令我想起关在铁笼子里的老虎。突然，他转向护士问：“有剪刀吗？我剪一下胡子。”我正给护士递眼色，她就把剪刀递给他了。他转身去了角落的一个房间。此时，护士才倒抽一口冷气：“怎么办呢？”我示意她去看看，她偷看了回来说：“是在剪胡子。”“咔嚓咔嚓”的声音听来有点儿吓人，幸好他只剪了几分钟。

今晚怎么度过呢？我想起他昨晚说自己今年春天曾在乌兰巴托大学讲俄国文学，深受学生崇拜。于是，我忙打电话请NGO领导去找几位大学生来医疗站送送老师，希望戴维能在学生们面前维持老师的良好心境和形象。几位学生很快就来了，医疗站里热闹起来。他们带来了奶酪、烤羊肉、奶茶、羊皮画、银碗、毛毡鞋等礼物。火炉中的松枝“噼噼啪啪”地燃烧，照亮了一张张年轻热情的脸庞，以及他们被白桦、草原滋养着的灵魂。这些学生们的英文都很好，有个女生还特意朗读了戴维创作的英文诗歌，关于冻土、冰河、村落、生命、希望、不朽……接下来，他们又朗诵起普希金的诗：“再见吧，自由奔放的大海！这是你最后一次在我的眼前，翻滚着蔚蓝色的波浪，和闪耀着娇美的容光……”戴维的眼睛越来越明亮，好似夜空里的星星在闪闪发光。他侃侃而谈，不时地挥笔书写。看来理性和判断力回到了他心中，诗歌果然具有很好的治愈效果。

入夜后，又来了几个学生，手里还抱着马头琴、吉他。这下子大伙兴奋地开起了演唱会。孩子们个个都会唱英文歌，一直唱到下半夜，歌声在雪原上飘了很远很远。黎明时分，大家起身告别，齐声唱起了《伏尔加河纤夫曲》，唱得惊天动地、热泪盈眶。

上飞机前，我递给戴维一个小纸袋说：“这儿有两片药，咱们要坐几十个小时飞机，如果你感觉烦躁和不舒服，就吃一片，不行就再吃一片。药有催眠作用，你睡睡也好。如果你精神好，干脆写点儿东西。高空写作的机会难得。”他点点头，把药放进贴身的内衣里。我随身携带行李，按最顺手、最明确的方式逐层码好了药品、注射器和其他器械，时刻准备着应付突发状况。上了飞机，戴维就开始奋笔疾书，很快便写了一大叠纸，看来精神极好。几小时后，飞机降落在莫斯科机场。候机期间，他依然在纸上不停地写，甚至顾不上吃饭喝水。

几小时后，我们登上了飞往上海的航班，途中一切顺利。不过，在浦东机场转机安检时，发生了一个小插曲。当时，我迅速通过了安检，回头一看，发现安检人员不苟言笑地把戴维的行李箱翻了个底朝天。原来他们在按电脑摇出的随机数字仔细抽查行李，戴维的恰好被选中了。他箱子里几乎全是书，需要一本一本地翻看。此外，安检人员搜出一把瑞士军刀，当然要没收。戴维耐着性子站在边上看着，可他的脸色渐渐由红转紫，由紫到青，由青变白，且呼吸粗重，鼻翼翕动，似乎行将发作。我赶忙走上前去对安检人员说：“抱歉，这把瑞士军刀请你们帮忙暂存，我过两天就来取，然后寄给他。”气氛这才缓和下来。我们一起把书装回行李箱，可剩下两本怎么也塞不进去。他左右为难了一番，决定忍痛割爱，对我说："这两本就送给你吧，医生。"我仔细一看，是英文版的《托尔斯泰日记》和《陀思妥耶夫斯基书信选》。"谢谢你，太好了！"我连声道谢，心里感叹不虚此行。

我们随即登上了前往温哥华的飞机。刚刚坐稳，戴维又埋头狂写起来。我坐在他后排，起初还紧盯着他的后脑勺，后来就睡着了。中途醒来吃饭、喝饮料时，我发现他依然笔耕不辍，幸好带了那么多白纸。"医生，醒醒，我们到了。"不知过了多久，蒙眬间，我突然听到戴维大声喊，接着他幽默地问我，"你也吃了两片药吗？"等我完全清醒过来，他已经提着我们俩的行李往前走了。

到了海关，我们各自排队等候。戴维属于本国人回国，而我属于外国人入境，所以我这边排得比较慢。排着排着，我抬头一看，他居然已经走了出去。我快步追到他那个通道口，对海关人员说："我是护送那位先生的医生，这是我的证件，我必须和他同行。"海关人员扫视了我片刻，立即给我盖了章。我飞快地追上他，尽量显得从容不迫。

在出租车上，当我向司机报出精神病院的名字时，从后视镜里瞥见戴维肩部微耸、面色有点儿发黑。我暗自庆幸这趟旅程有惊无险，酸奶和镇静药都没派上用场。

几十分钟后，我们下了车，沿着医院的围墙转弯抹角地走进去。我发现这里只是个萧瑟凄冷的小院落，跟我想象中的医院不太一样。急诊室门口有一位老年女护士，她神闲气定地坐在桌边登记信息，说戴维的病床已订好，等一下就可以办理入院手续。

戴维开始在门厅里走来走去，困兽般吭哧吭哧地喘着粗气。我头皮发紧，连忙把头上的帆布帽摘下来，上前跟他说："你看，这顶帽子是乌兰巴托的病人送我的。这边天气冷，不如你拿去戴吧。"他先是一愣，随即对我悄声耳语："如果我戴上这顶帽子，他们会把我关得更久。"看来他还没丢掉幽默感。稍后，我又取下脖子上的围巾，继续拖延时间："这条围巾是中国丝绸制作的，上面印了很多汉字'福'，送你作个纪念。你也可以把它送给家中的姐妹。”他眼睛一亮道：“啊，我没有姐妹……对，这个‘福’字可以保佑我，我要把它挂在病房的床头上。”他接过围巾，端详起上面各式各样、龙飞凤舞的“福”字。

很快，一位工友过来请他更衣，并把包括围巾在内的所有衣服、证件、杂物统统塞进一个巨大的帆布口袋，贴上封条，提上楼去了。他脸色发白，穿着蓝白条相间的病号服，站在门厅中央抖抖瑟瑟。碰巧此时楼上下来几位叽叽喳喳的女护士。一见她们，他的眼睛就泛出神采，马上挺胸收腹深吸气。一位窈窕的护士问他：“嗨，你从哪里来啊？”“乌兰巴托。”“啊，那是什么地方，一定很远吧？你在那里做什么？”“我专门研究沙皇时期的俄国文学。”言毕他有点儿矜持，胸脯挺得很高。几位护士七嘴八舌地赞叹：“啊呀，太精彩了！你真是了不起！一定要给我们讲讲啊！”说笑间，她们簇拥着他上了楼。在铁窗关闭的瞬间，他扭过头来向我告别，眼中看得到一丝安定和温暖的亮光。

几个月后，我收到他的信：“感谢这次治疗，我总算把酒瘾彻底戒掉了。出院后我就回了家，陪母亲待了一段时间，现在准备完成博士学位，主修俄国文学……”几年后，他果然完成学业，如愿去了俄国，并且在托尔斯泰的故乡亚斯纳亚 - 博利尔纳的一所学校里谋得一份教职。他住的地方离托尔斯泰故居不远，常去那里散步，一步一步真切地走向了托尔斯泰。历经艰辛，戴维越来越坚实地体认到自己的精神高地，学会游刃有余地处理生活的琐碎和艰辛，逐渐克服了心中的躁动、脆弱、虚无和绝望，完全摆脱了酒精的控制。或许可以说，他因着托尔斯泰的伟大呼唤而修成了正果。

人有时想借助酒精等东西暂时穿越到超现实世界，忘却当下的艰辛和困境，却往往适得其反。好在文学、艺术的治愈力量更为强大，人自身的精神康复能力也是无边无际的。

No.3

阿坝：我们都是赤脚医生

藏区人民热情淳朴，病人们总是随身带着李子、桃子、梨子、核桃来看病，还送来花椒、蘑菇、糌粑、腊肉、绣花鞋垫等东西。

2000 年暑假，我和四川大学师生一行去阿坝搞研究课题。[1] 领队的系主任陈教授早年曾在阿坝林区生活，对那里情感深厚。他带着我们去一位藏族朋友唐老师的老

1. 藏区义诊能成行，主要感谢领队的四川大学社会学与心理学系主任陈昌文教授，他对藏区感情深厚，年复一年地带研究生去考察和支援。此外，还要感谢陈教授的良师益友、东道主唐学文老师，尤其感谢唐老师的妈妈唐婆婆，遥祝老人家在天之灵欢愉幸福。

家住，把一个山间小院挤得满满当当。好在二楼楼顶有一个大的晒坝，好些同学都自带了登山装备，比如睡袋、垫子、帐篷之类。于是，大家欢天喜地地在晒坝上各占一块地盘，安营扎寨。那段时间天气晴好，同学们夜夜高卧苍穹之下，观星望月，很是惬意。有时看得见林间有人徒步夜行，手电筒的光亮时隐时现，还听得见无名动物的嚎叫。

唐老师的妈妈唐婆婆 80 岁了，瘦小精干，时时牵挂着儿子的行踪。终于盼到儿子回家了，她喜出望外，对儿子带来的客人也百般呵护。她每天早晨 4 点钟就起床生火，接着蒸、煮、炒、炸……照顾 16 个客人的饮食起居，往往忙碌到深夜才歇口气。也有女同学去帮厨，但很难插得上手，幸好常有邻家女人过来帮忙张罗。

藏区的女人们似乎顶了大半边天。汽车驶过高原，我发现在雪地里忙碌的养路工人大多是女人，采石头、垒房子、捡牛粪、晒奶渣、织帐篷的也多是女人。她们个个五彩长裙齐踝，头上盘着漂亮的大辫子。

此行研究的课题涉及藏区民众的健康和疾病，要请当地同胞配合完成调查问卷。所以，我就给大家看看病，方便召集，顺便感谢。大多数时间，我都在唐老师的小院里悬壶坐堂，有时也去村卫生所、乡卫生院、喇嘛庙、县医院坐诊。这里的常见病与其他地方类似，主要是呼吸、消化、泌尿生殖、心血管、皮肤骨关节几大系统的问题。我准备了一些药物，但只能作一般性的处理。像白内障、先天畸形、癌症等需要手术治疗的疾病，我只能建议患者下山去县医院、马尔康或成都等地治疗。像肝炎、结核这样的传染病，我需要跟他们讲讲预防和隔离问题。

川大的同学们大多是心理学、社会学专业的研究生。此次来帮忙，大家都学会了预诊：测血压，数脉搏，询问简单的病情。有的同学在病历上写道："病人有胆囊炎前科。"还有同学记下："病人左手脉搏每分钟76次，右手脉搏每分钟84次。"虽然这是按号脉先后如实记录的结果，但着实异样。同学们也学会了按摩、拔火罐。此外，他们还观摩了藏区普遍使用的艾灸疗法：赤脚医生把一撮艾绒放在患者体表的某个穴位上，直接点燃烤灸。

就诊的人闻讯而来，蜿蜒排成了长龙。同学们就做了些纸片，依顺序写上编号发给患者。没轮到的人可以先去摘花椒、挤牛奶、放牦牛、砍柴、做饭，估计时间到了再过来。

有一个婆婆得了晚期白内障，被女儿们牵着来看病。婆婆双目朝天，跌跌撞撞，右手一直摇着转经筒，口中诵读着六字真言“唵嘛呢叭咪吽”。我告诉她们，这个病吃药治不了，只有下山去医院动手术。可她们还是想吃点儿药，我只好发了几颗维生素 E 胶囊给她们。哪知过了几天，她们又来了，说这个亮晶晶的药效果好得很，吃了就能亮眼睛，昨天都看得见牦牛了，希望我再发几颗。不仅如此，山那边的几位白内障老人也闻风而来，都想要几颗亮眼睛的药。我哭笑不得，完全想不到维生素 E 的疗效居然这么显著，看来是“心诚则灵”。

没过多少天，我带来的药品就发完了，只好向同学们广泛征集。过了几天，同学们捐出的药品也告罄。我只好做“无米之炊”，撕下笔记本开中草药处方。就诊的人仍然很多。幸好漫山遍野都是奇花异草。村乡卫生所的赤脚医生们态度大都很好，常常背着药箱在山间巡回，病家随叫随到。闲下来时，赤脚医生还带着同学们出去采中草药，教大家认得金钱草、大黄、杜仲、贝母、柴胡、天麻、三七、虫草……同学们眼界大开，说藏区简直遍地都是宝贝。

有一位赤脚医生珍藏了一盒旧兮兮的不锈钢针灸针。她每次只是草草地用酒精擦一下，便把针刺进病人的皮肤。有一回，我忍不住对她说：“用这种针要特别小心，必须得彻底消毒，否则会传染HIV、肝炎之类。”她有点儿木然地回答：“我晓得。只有注射器用的空心针头才打得进去那些病，才会传染。”我只好找了个同学专门给她讲解“病原微生物”的道理，然后反复告诫她：“每个病人的针一定要本人专用，用完就包好让他们拿回家去，下次看病时再带来就是了。”我实在是不大放心，回到成都后，去同仁堂买了好些一次性的针灸针寄给她。

有几次，我随手给病人把脉，发现好几个人的桡动脉都没有搏动，且皮肤表面有切口瘢痕。一问才知道，他们都去山下的医院做过血液透析，原因是蘑菇中毒。原来这一带盛产青冈菌，人食用过多后就会上吐下泻、头痛烦躁甚至肝肾衰竭，需要立即下山做血液透析，清除体内的毒素，捡回性命。

难忘的是，我和另一位来此地义诊的医生先后由于食用某一种新鲜的淡黄色蘑菇而中了毒。当时，我们俩都出现了头昏脑热、口干舌燥、心悸寒战、腹部绞痛、腹泻不止、里急后重、四肢沉重等症状，所幸又都在24小时内自行康复了。中毒当天的情景至今历历在目：我躺在乡卫生院的检查台上辗转反侧，而窗外候诊的病人排成了长龙。往事不堪回首，望后来诸君引以为戒，小心提防各类陌生的蘑菇。最安全的做法是：对任何一种蘑菇都浅尝辄止，吃两片就作罢。

藏区人民热情淳朴。病人们总是随身带着李子、桃子、梨子、核桃来看病，还送来花椒、木耳、蘑菇、糌粑、黄油、腊肉、绣花鞋垫等东西。盛情难却，同学们几乎天天大饱口福。

后来，我们一行人离开唐老师家，移居到一个高原海子边上。一天中午，一个藏族女人匆匆骑马找来，手持一张纸片，上面写着“78”。她说自己前几天排了这个号，后来见天色太晚就走了，还说她家就在坡上，请我们晚上去家里吃晚饭、跳锅庄。

当夜，繁星下面的篝火蓝烟袅袅，烤全羊香气扑鼻，三个汽灯也光亮耀眼。藏族同胞个个热情大方、能歌善舞，几碗青稞酒喝下后更是如此。吃喝玩乐了一阵后，一群女人出乎意料地突然拥上来把陈教授从原地捉起、抛上天空，落下来接住、又抛上天……反复做着自由落体运动。我欣赏着陈教授在半空中手持羊排、四脚朝天、惊恐万状的样子，开怀大笑。可没等合拢嘴，我就感到好多手在抓扯自己的肩背，下一秒就飞上了天，估计自己在天上的表现比陈教授更有趣。

等定下神来，我带上检查器械到女主人家去。她说，大雪很快就要封山了，这里的女人们大多都没下过山，没去过医院，生孩子都在家里（一般是牦牛棚），母亲、婆婆都会接生。我听出她本意是想做下妇科检查，但红着脸踯躅了大半天也不好意思说出口。我便对她说:“你看我们都是女的,如果你下山去医院,有好多男医生,那怎么办呢?”劝说了几遍,她一直抿着嘴笑。我只好作罢,估摸着她的情况,大致给她讲了讲相关的保健知识,算是“悬丝诊脉”。

最后几天,我去高山顶上的喇嘛庙坐堂,发现有些候诊的老年女人似乎一直匍匐在地板或草地上。她们一再让位给其他人,看到完全没人了才会凑上来,但往往还没说上几句话,就又有人来了,她们于是又匍匐着退下去。我认真招呼了几遍,让她们赶快上前,但没什么用。另外一些人则完全不同。他们骑着高头骏马而来,气象非凡,有人鞍前马后地替他们鸣锣开道。只要他们一出现,人们就自动闪开一条通道,让他们先上前看病。先后尊卑中隐藏着某种动力学,可见这里仍存在等级制度,就像种姓制至今仍影响着印度社会。

2006 年暑假,我们又筹集药品去阿坝义诊了几天。2008 年秋,一位国外的骨科专家去了两周,据说深受藏民欢迎。此后,我反复设想过远程医疗的可能性。从目前医学智能化的趋势来看，似乎有望实现。

像阿坝这样的偏远地区，往往缺医少药、看病不便。20 世纪六七十年代，巡回医疗做得不错，许多高水平的医生被分配到县、乡一级的医院工作，很好地解决了当地人看病难的问题。那时，中国创建的农村三级卫生服务网和中国出版的《赤脚医生手册》，曾是许多非洲国家基层医疗服务的范本。如今，那种情形不复存在。大中城市的三甲医院不堪重负，普通医院的病人数量却严重不足。希望未来情况能有所改善。

No.4

他连输了49天抗生素

在面对疑难重症时，医生的决断往往要冒很大风险。除了思维方法、临床经验外，医生的责任心和胆量也很重要。

他50多岁，嗜好烟、酒、茶，长年累月不喜欢活动，饭桌上的应酬交往是职业的重要内容。一次体检，他发现自己染上了公务员的职业病——高血糖、高血脂、高血压，还有脂肪肝。但他并没在意，因为除了腹围稍大以外，“三高”没让他感到什么不适。

两年后的初夏，疾病像洪水一样袭来。一天，他突然高热、气紧、寒战，竟卧床不起，体温达到39.8℃。到医院看急诊，胸部CT发现右肺中叶炎症、包裹性积液，他只好赶紧入院。检查结果显示，他的身体已是四面楚歌：肾功不佳，糖尿病酮症酸中毒，肝功不好（转氨酶高达 400u/L）。于是，医生积极采取措施，为他抗感染、保肝、控制糖尿病。

抗菌素连输了两周，他肺部的炎症仍未好转，转氨酶也居高不下。医院请华西医院的两位权威教授分别来会诊，二人意见一致：“病人的症状、体征和辅助检查结果都支持肺结核，建议立刻开始抗结核治疗。”结核病的诊断需等待痰培养结果，虽然结果一时半会儿出不来，但他的胸部 CT 看起来确实很像结核。所以，病房里的医生们都觉得抗结核治疗的方向已经定了，甚至还调侃：“两位大拿都诊断了，还有啥子说的呢。”然而，问题并不这么简单。很多抗结核药物都会损害肝脏，一旦使用就至少要用一年。病人的肝功原本就不好，很难经得起长时间的抗结核治疗。

一般医院的规矩都是：上级医生军令如山，下级医生唯命是从。人命关天，所以必须明确认定责任人。可是，他的主治医师、年轻的王医生却作出一个大胆的决定：暂不执行两位老师的会诊意见，不使用抗结核药物，而是继续按普通的感染、用普通的抗菌素再做几周“诊断性治疗”。到时候如果他的肺炎好了，就证明那只是普通的感染，而不是结核感染。因为肺结核病程漫长，用普通的抗菌素几周内是治不好的。

他的肺部感染很顽固，治疗过程旷日持久。王医生天天来病房观察，摸着石头过河，乐天泰然、富有耐心。病人望之即感心安。为了坚定他和家属的信心，王医生几次提到一个病例。本院的一位外科医生得了肺结核，抗结核治疗一年多后，肺结核虽然痊愈了，但肝脏受到严重损害，现在已是肝硬化晚期，反而比肺结核更快地危及生命。

由于他的体温一直居高不下，王医生只好持续用大剂量的抗菌素联合轰炸，一组无效就换成另一组，先后用过青霉素、头孢、万古霉素、左氧氟沙星等抗菌类药物。他的体温终于渐渐降了下去。算起来，他连续输了49天的抗菌素，肺炎才痊愈。在治疗过程中，他的肝肾功能渐渐好转，转氨酶也恢复正常。王医生的“诊断性治疗”证明，他只是感染了普通的肺部炎症。

出院后，他开始遵循健康理念生活，和烟、酒、茶绝缘，节食、步行、钓鱼、爬山。从此，他腹围日渐减小，肌肉日渐强壮，整个人仿佛重返青春，真可谓“祸兮，福之所倚”。

值得注意的是，很多肺部感染的症状都不太典型，导致诊断困难。而且，很多细菌都具有抗药性，造成治疗困难、过程漫长。这对医生的耐心是很大的考验。假如他真的患有肺结核，那么“诊断性治疗”可能就会以失败告终，还可能因此耽误肺结核的治疗时机。如果真是那样，王医生就必须独自承担所有责任。如果仅仅想着保全自己，那么按权威专家的意见行事是最稳妥的。在面对疑难重症时，医生的决断往往要冒很大风险。除了思维方法、临床经验外，医生的责任心和胆量也很重要。王医生灵活又周全地考虑到病人的整体情况，坚持自己的治疗方案，而不是一味遵循教条或权威，这种勇气和担当十分可贵。

No.5

带着神经性皮炎走四方[1]

皮肤过敏、哮喘和神经性皮炎都属于过敏反应，只是表达的形式和部位不同而已。过敏反应的目标器官可以转换，这也符合“动量守恒”和“对立统一”的规律。

2003 年，我有幸到蒙古国行医，在那里遇到了来自加拿大的全科医生海伦。我们时时相过从，坐望大漠，谈天说地，兴味盎然。

海伦刚过耳顺，仍是一位翩若惊鸿、怡然自得的美

1. 其他与过敏相关的内容，参见本书《高原上的荨麻与荨麻疹》一篇。

女。她心智超常，除了胜任医生一职，还喜欢阅读科幻作品，琢磨古典文化，甚至还钻研人的今生与来世。她身心敏感有如精细的琴弦或精密的雷达，一阵微风吹过都会引发她心灵的颤音。与非同凡响的心智相呼应，她的身体也超级敏感，自幼就患有五花八门的过敏性疾病。

于是，我们俩就过敏这个话题交谈过很多次。她知识广博，思维活跃，不时让我有“胜读十年书”之感。

海伦说自己最早发生的是皮肤过敏。她小时候长在乡村，被跳蚤、蚊子叮咬后，身上立即会长出红色丘疹，丘疹又会蜕变为亮晶晶的水泡。有一次，她手心被昆虫蜇伤了，剧痒剧痛，马上就长出一个花生米大小的粉红丘疹，丘疹上缘紧接着生出一根细细的红线。这根红线居然像蚯蚓一样匍匐上行，自行跨过手腕，几小时内就接近了肘窝。她母亲越看越惊惶，担心红线爬到心脏可能会要了女儿的性命。幸好外祖母当机立断，用一截麻线在她上臂环绕一圈、捆紧、打结，这才遏制住红线的上行势头。过了几天，丘疹和红线才慢慢消退，残留下些许浅咖色的痕迹。海伦与我毫无异议地达成了符合解剖学、病理学的共识：那根红线显然是一根淋巴管，丘疹的过敏反应当时正沿着淋巴管上行。

随着年纪增长，各种皮肤过敏的症状在海伦身上此起彼伏。她穿上毛衣后，领口、袖口处的皮肤就会发痒、发红、发肿，然后连成一片片荨麻疹，瘙痒难耐。无奈之下，她只好不再穿着毛衣。在寒凉季节，偶有一阵无名的风吹过，她的面颊便开始发痒，挠几下就会出现指甲的划痕，接着皮肤就红肿灼热，连成一片风团块，被诊断为“冷风过敏”。除了冷风，过敏原还有热风、阳光、花粉、枯草、尘埃、霉斑、地毯、橡木、常春藤、杨花柳絮、猫猫狗狗，以及或干燥或潮湿的空气等，简直防不胜防。

上述情况倒也常见，还有更滑稽的事。有一天，海伦在病房查房，看到一个病人身上的皮疹，顿觉心悸、胸闷、气紧，周身立刻开始发痒、发红、起风团块。她赶快逃离了现场，搞得十分尴尬。还有几次，她在医书上看到皮肤过敏的图片时，周身竟也灼热、瘙痒起来。“我肯定不能做皮肤科医生。”她感慨道。

因为属于严重过敏体质，所以海伦从小到大基本没打过疫苗。当上医生后，某次由于要到牧区出诊，她就打了一支狂犬疫苗。结果当天晚上，皮疹就密密麻麻地长起来了，并以针眼为中心逐渐向外延伸，先是一块硬币大小，后来又变成巴掌大小，持续了三五天。可想而知，假如她正常地接种完三次狂犬疫苗，后果将会怎样。

每到冬天睡觉时，海伦就会交替鼻塞，只有一个鼻孔能通气。清晨一起床，她就会接二连三地打喷嚏，涕泪交织，响声惊天动地，左邻右舍闻之探头。隔三岔五，她就会犯鼻旁窦炎，头昏脑涨兼浓鼻涕一堆。“你身体真是不好，三天两头感冒。”她母亲总是感叹。“没有，我是过敏性鼻炎。”做了全科医生后，她才纠正了母亲的担忧。

一次夜间出诊，需要配青霉素针剂。护士正用注射用水稀释青霉素粉末，海伦突然闻见青霉素的气味，顿觉刺鼻、呛喉，然后就眩晕、恶心、气紧、嘴皮发麻。她赶紧退到室外去站了好几分钟才缓过气来。她也意识到自己对青霉素有多敏感，如果再多闻点儿，情况可能会很凶险。

26 岁时，海伦生下第一个孩子。随后的几个月，她每晚都要起来好几次给孩子喂奶和换尿不湿。冬夜寒冷，她喷嚏连天，从此落下病根，常常咳嗽、胸闷。

一次，她感冒了，半夜里突觉呼吸困难、嘴唇发麻、大汗淋漓，于是立即赶到医院急诊室，被诊断为哮喘。此后，她便常在夜间发作哮喘。由于平卧更容易气紧、呛咳，所以她只好穿着厚衣服斜靠在床头，勉强睡一会儿。不仅如此，她的哮喘白天也会发作。除了受凉外，跑步、爬楼、烟雾等都是诱因。居近水楼台，她吃过各种平喘药，但都不见起色，只有哮喘气雾剂能立竿见影地起效。因此，无论值班、会诊、做手术还是抢救病人，她总是随身携带哮喘气雾剂。一天，海伦与朋友去印度餐厅吃饭，不巧被咖喱酱呛住，开始剧烈咳嗽、气紧，偏偏又忘了带哮喘气雾剂。惊悚万状时，她顺手拿起桌上的冰矿泉水喝了几口，让水在喉头停了会儿，居然慢慢地止住了咳、顺过了气。

病情出现转机是在海伦 32 岁那年。当时，她右颈上长出一块硬币大小的皮疹，瘙痒难耐，且越长越大，变得有半个巴掌大小，最后被诊断为神经性皮炎。她先后口服过一些抗过敏的抗组胺药，可都没有确切疗效。后来，她外涂过一些肾上腺皮质激素软膏，如倍他米松之类，皮疹一般会在几天内痊愈，但停药后很快又会卷土重来。同时，她发现了一个屡试不爽的奇怪现象：如果擦药控制住了神经性皮炎，哮喘紧接着就会发作；而哮喘活跃时，神经性皮炎就会缓解。

两害相权取其轻。海伦宁可皮肤瘙痒，也不愿呼吸困难。临近不惑的她作出一个重要决定：让神经性皮炎成为自身痼疾，放弃治疗。此后，神经性皮炎持续了好几年，哮喘则再未出现。渐渐地，她早年那些五花八门的皮肤过敏症状都减轻了，被蚊叮虫咬后也只有一个小红点，过敏性鼻炎、鼻旁窦炎等也自动消失了。真是应了中国那句老话："祸兮，福之所倚。"当然，她也请教过各路医家，查阅过很多资料，最终意识到皮肤过敏、哮喘和神经性皮炎属于同一类问题，即过敏性—变态反应性—自身免疫性疾病，只是表达的形式和部位不同而已。看来过敏反应的目标器官可以转换，这也符合“动量守恒”和“对立统一”的规律。有人可能会质疑她的选择，但那并不妨碍她潇洒自在地活着。

时光荏苒，海伦就这样带着神经性皮炎行走，一直走到这片蓝天白云下。她说虽然脖子经常发痒，尤其是在夜间，但并无大碍。谈话间，我看见她右颈上的一块皮肤有苔藓样改变：深色、粗糙、增厚、脱屑，约半个巴掌大小，边缘有细小红疹。蒙古国虽有新的过敏原，如动物皮毛、草地昆虫、异种植物等，但她以不变应万变，统统适应下来。

海伦还详细考查了自己两系三代的情况，发现母亲家族的“过敏—变态反应—自身免疫问题”很普遍。除了哮喘、过敏性鼻炎、荨麻疹、神经性皮炎外，还有鼻息肉、子宫腺肌症、变态反应性肝及肾损害、青霉素类药物过敏、瘢痕体质等。只有一个弟弟没有这些问题，但却患有精神疾病，发作时间常在春（花粉多）秋（枯草多）两季。她推测，弟弟的自身免疫问题可能集中体现在中枢神经系统上，即大脑过敏。她也注意到，许多抗精神病药物都有抗过敏作用，而像苯噻啶这样的抗过敏药物也兼具抗精神病的疗效。这或许能说明过敏与精神病之间的某种关联。

过敏问题复杂精深。多年前，我曾专门请华西医院皮肤科的雷老师讲过课，他重点讲解了药物、化妆品、洗涤剂、食品等引起的皮肤过敏情况。他尤其强调，很多药物都会引起皮肤过敏，千万不要滥用药物。记得他给我们展示了一张纸，上面用小楷密密麻麻地罗列出所有可能引起皮肤过敏的药物，看得人头皮发麻、目瞪口呆。大凡我们知道的药基本都在榜上，中药也不例外。

雷老师告诉我们，人的机体一旦进入某种高度敏感状态，可能会对一切药物都过敏，包括那些抗过敏药物，比如维生素 C、葡萄糖酸钙、扑尔敏、苯海拉明，以及抗过敏王牌药泼尼松等。他曾见到患者由于过敏浑身起大泡，如同三度烧伤，差点儿危及生命。他严肃建议皮肤过敏患者："停用一切药物，不吃药，不擦药；不要洗澡，避免冷热水刺激，若非要洗则只能用温水；不要用香皂、沐浴液；不要受热、受凉、受风；不要抓搔；不要吃任何刺激性食物……严密观察，慢慢静养。”他一口气说了那么多“不要”，我们很震撼，也很受用。原来治疗的最终手段和最高境界是道家“无为而治”的思想。

感谢雷老师的提醒，由此我就很关注药物的副作用，且行医时间越长，见得越多，越谨小慎微。除皮肤过敏外，药物还会导致其他副作用。比如抗高血压药波依定会引起顽固咳嗽，抗菌素氟哌酸会引起窦性心动过缓，解热镇痛药布洛芬会引起消化道出血，抗过敏药泼尼松会引起肢体震颤，等等。

2004 年秋，我给一位年轻女士注射了狂犬疫苗后，她立即出现低血压、心跳微弱、脉搏消失、意识丧失等症状，且持续了好几分钟。次日，她全身生出皮疹，也持续了好几天。原来这种疫苗是从鸡蛋里培养出来的，鸡蛋过敏者必须慎用。年轻女士属于过敏体质，对鸡蛋、鱼虾、牛奶、蘑菇等异种蛋白过敏。经过此次疫苗事件，我的治疗态度变得更加审慎。

关于过敏问题，我与海伦反复切磋后达成如下共识：

①过敏和变态反应的表现方式五花八门，常见于皮肤、呼吸道，也见于关节、肾脏、肝脏、子宫、血液和神经系统等。一般来说，发生在皮肤和关节的过敏对患者的影响相对小一些。

②可用可不用的药不用，哪怕是维生素；可打可不打的针不打；可做可不做的手术不做。

③过敏体质的人在肌肉和静脉注射时很容易发生过敏性休克，须比常人更加谨慎。

④过敏体质的人常伴随瘢痕体质——当皮肤深层受伤后，就会过度反应和修复，以致长出瘢痕、疙瘩。女士们不可不小心，整容、打耳洞等行为都可能造成意料之外的结果。

⑤过敏有一定程度的自限性，随着年龄增长，某些患者的过敏症状会自发缓解。

No.6

高原上的荨麻与荨麻疹

牲口吃荨麻，也吃旁边这个小草，这就没问题了。自然里有些东西我们弄不懂，动物有时比人聪明，它们明白好些道理。

2000 年暑假，我们十几个四川大学的师生在阿坝州一座海拔 2000 多米高的野山上搞课题。早晨的山风凉飕飕的，大家一起慢慢地向山顶爬去。空山寂静、巨石嶙峋、杂草丛生，此时突然听到落在后面的一个女生小声地哭起来。大家纷纷掉头往回走，看到她在使劲地甩手、跺脚、哈气，黄豆大小的泪珠滴落到凉鞋上。她说自己的右手突然又痒又痛、发麻钻心。仔细一瞧，她右手腕内侧的皮肤微微发红、肿胀，仿佛一块淡红色的地图。慢慢地，地图的边界蔓延开来，上面还冒出了一串串细密的小水泡。没几分钟，小水泡渐渐融合成大水泡，地图的面积也扩张至半个巴掌大小。女孩儿的哭声越来越响。

昆虫蜇的？蜘蛛咬的？肯定是过敏反应。我迅速掏出背包里的风油精、清凉油给她搽上，但无济于事。我两手空空，既没装像扑尔敏、苯海拉明之类的口服抗过敏药，也没带外用的肾上腺皮质激素软膏。同行的一位摄影老师来自新疆，是个彪形大汉。他扛着摄像机闻声跑过来，连声问："在哪里蜇的？"一定要让女生带他去找那个地方。我有些不以为然，但还是跟他们一起去了。我们很快就走到一块灰白色的巨石边上，周围满是深深浅浅的野草，其中有几丛张牙舞爪的植物，约有半人高，深绿色的叶片有巴掌大小，叶子边缘密密地生长着刺毛，看起来很是凶险。

摄影师大声喊："快来看荨麻。"原来那个女生先前经过这块大石头时，被荨麻的刺毛蜇了。他放下摄像机，在巨石旁边爬上爬下，围着几丛荨麻东张西望。然后，他掐了一些长在荨麻边上的矮小、短茎、小叶的绿色植物，用手指把它们捻碎，挤出好些绿色的浆汁，慢慢地涂抹在女生的右手腕上。我茫然地看着，心想：有人能关心、安抚她一下也好。反复涂了一阵，摄影师又把挤剩下的植物残渣捏拢，敷在女孩儿的手腕上。不料奇迹发生了：肿胀逐渐消退，地图的颜色越来越浅、边缘越来越模糊，水泡也越来越平、越来越小，直到完全消失。过了一阵，地图似乎彻底蒸发了，皮肤上没留下任何痕迹，好像什么都没发生过一样。哭泣的女生不知啥时候就开始和同学们说说笑笑了。

过敏症状从发生、发展到消失，历时大约两三个小时。如果不是亲眼所见，我根本无法相信，简直像是天方夜谭。于是，我便向摄影师刨根问底："这真是灵丹妙药，你怎么这么灵光？"

"新疆的沙漠上到处都是荨麻，我们叫它'蝎子草''咬人草'，你们很多汉族同志都认不得。"摄影师说。

"是的，很多人都认不得，特别是年轻人。"

"对，但这个草很厉害。"

“是很厉害，它会引起荨麻疹。”

“嗯……沙漠上没厕所，你知道的？”他斟酌语句。

“我知道，当然没有厕所。”

“有些汉族同志在沙漠上解了大便，又没带手纸，只好扯旁边的叶子来用。荨麻叶大，有时就扯到了。”

“啊，那就很凶险了，怎么办呢？”我急忙问。

“荨麻旁边一般都长着另一种草，就是我刚才掐的这种，肯定长在荨麻边上。只要能找到它们，像我这样掐下来、捻成浆、抹上去，马上就能把荨麻的毒给解了，很多新疆人都知道。”

原来如此。看来万物相生相克，造化果真神奇。摄影师若有所思地自言自语：“你看多怪，牲口吃荨麻，也吃旁边这个小草，这就没问题了。自然里有些东西我们弄不懂，动物有时比人聪明，它们明白好些道理。”

这个奇迹是天时、地利、人和共同作用的结果，有很大偶然性。既然我有幸目睹，就不该独享宝贵经验，故公之于众，供诸位考究。

No.7

蛇群缠腰的“拉奥孔”婆婆

我相信生命力自身的强大，也相信“谋事在人，成事在天”。无论怎样都要竭尽全力，若老天也有意，那么奇迹就会发生。

2000 年暑假，四川大学的师生们在藏区搞课题，我顺便给老乡们看病。

临走前的那天晚上，病人们仍然络绎不绝，直到半夜我才忙完，开始收拾行李。夜凉如水，牲口们的反刍、响鼻声此起彼伏。房东唐婆婆蹑手蹑脚地过来问我：“医生，你忙完了吧？”唐婆婆 80 岁了，这段时间把我们十几个人当成贵宾招待，张罗大家的饮食起居，几乎没歇过气。我很过意不去，赶紧向她表达感谢。她急急忙忙地说：“哎呀，实在劳烦医生了，有个病人是我要好的，你也帮着看看？”

我一口答应，跟着她绕过房后的树丛、竹林，转弯抹角地钻进一座低矮的石头房子里。屋内有光亮，听得见“哎哟哎哟”的呻吟。我一看，黑洞洞的床上躺着一个老婆婆。女儿、媳妇们都围在她跟前，七嘴八舌道：“妈得这个怪病都十几年了，越发越凶，痛得要死喔。”“那年发病抬下山去，住在医院里医了一个多月，硬是命大，死都死过几回了。”“妈就是打雷时上山去捡菌子，可能在山上遇到啥东西了。”

大家七手八脚地把汽灯拨亮，把火塘点旺，屋里的热气升腾起来。然后，女人们把婆婆抱到火塘前坐稳，再把她的上衣一层层剥开。我看见了惊人的一幕：从她瘦骨嶙峋的后背到右前胸，顺着肋骨的方向，爬满了一条又一条手指粗细的瘢痕；灰白、粉红、紫红色的条索互相交织，像盘根错节的老树根，也像彼此缠绕的蛇群，蛇群还伸出肉爪紧紧地抓住胸壁，黄色的正常皮肤嵌在蛇阵间。婆婆面色青黑，呼吸急促，仰头呻吟，望之令人窒息。我一下子想起希腊雕塑拉奥孔被海蛇缠死的模样，难怪夜半常听见呻吟声，原来是她。

婆婆患的是带状疱疹，俗称“缠腰火丹”“蛇缠腰”，它是由于感染带状疱疹病毒所致。患者以年老体弱者居多，发病时往往剧痛难耐，但一般熬过几周就会慢慢好转，很少会转为慢性病。过去，我也看过一些慢性患者腰间、肋间的串珠或条索状的粉红瘢痕，但却从未见过如此凶险的症状。

婆婆一阵接一阵地呻吟：“哎哟！造孽哟！造孽哟！”老二媳妇怯生生地问我：“这个病还能医吧？”火塘里烧得红彤彤的，我被烤得口干舌燥，狠狠盯住蹿得老高的黄色火苗，深吸一口气，硬了硬脖子说道：“能医。”话音一落，自己先吃了一惊。怎么医呢？山高路远，手里啥药都没有，完全要煮无米之炊了。转念一想，管他三七二十一，竭尽全力吧，结果就看老天爷的意思了。我从包里掏出张白纸写药方：复合维生素B、维生素C、维生素AD各一瓶；大青叶、板蓝根、麦冬、菊花、薄荷、金银花各15克。然后，我把它递给二媳妇：“请村医疗站的赤脚医生配药，没有的话就去乡诊所。”

此时，唐婆婆在旁边说："我还有些药草，这就拿过来。"她很快就带来一个背篼，里面果然有好几样药材。我捡了些放进铜壶里，吊在火塘上方，"咕嘟嘟"地熬起来。不一会儿，菊花、薄荷的清香就压过了牛粪、奶酪的气味。火塘热气袭人，我脱得只剩下一件短袖 T 恤，然后招呼大家："你们仔细看我是怎么做的，以后每天都要照样做，也必须把火生得像现在这么暖和。"

火苗上蹿下跳，松树疙瘩噼啪作响，把婆婆的背照得闪闪发亮，蛇群在上面蠢蠢欲动。我将酥油均匀地涂抹在手上，再抹到婆婆的后背和前胸上，从整体开始按摩：用双手温柔地、大范围地挤压和推晃，耸提颈、肩、背、腰等处的正常皮肤。接下来，再从整体到局部按摩：顺着一条条长蛇周围的空隙地带，轻轻地按、抹、敲、揉正常的黄色皮肤……如此反复几次。瘢痕蛇阵顽固而坚韧，嵌在其间的正常皮肤松弛而柔软。

二媳妇不停地问婆婆："冷不冷？痛不痛？"婆婆渐渐停止呻吟，身上冒出汗珠子，肩颈越来越放松，表情越来越自在。接着，她咧开嘴，点点头，招呼这个喝点儿水、那个吃颗糖，还从身旁的罐子里掏出些柿饼、核桃、花生来分给我们吃，难怪女儿和媳妇都这么喜欢她。随后，我让婆婆穿上衣服，为她按摩头部：紧紧地扶住她的两颞，轻轻地摇、按、抓，再找出光滑油腻的牛角梳，为她从上到下地反复梳通花白的头发。最后，我又为婆婆按摩了一遍头、颈、肩、背、腰、臀、四肢。

喝了点儿酥油茶后，我就叫周围的女儿媳妇们都来试着按摩。她们扭扭捏捏、你推我搡，还是二媳妇自告奋勇先来。此时，藏在长蛇阵缝隙里的那些陈年污垢已被酥油泡软了，她先用草纸把酱黑色的油垢轻轻地揩走，然后照着我刚才的做法，从整体到局部、再从局部到整体地给婆婆按摩，动作灵活、轻柔，深得要领。我夸奖了二媳妇，告诉大家就像她这样做。我发现此地的女人们大多骨节粗大、筋肉发达，看来都被山间劳作打磨过一番。

按摩期间，我反复提醒她们注意“四个一定”：一定要暖和，一定要舒服，一定不要弄痛，一定不要弄伤。我告诉她们：“如果天天这样按，你们也就锻炼了自己的身体，托婆婆的福，你们的身体也会越来越好。”她们纷纷抿嘴笑起来，真是温暖的一家人。最后，我交待她们，每天至少要为婆婆按摩一小时，能做两小时更好，她如果累了或不舒服，就休息几天。草药和西药都先吃一个月，婆婆太瘦，少吃点儿药为好。后半夜，她们还包了些新鲜的花椒、青冈菌来答谢。

天还没亮，我们一行人就出发了。此后几年，渐行渐远，彼此再无联系。每每想起那些蛇群一样的瘢痕和夜半的呻吟，就不由叹息疾病带给人的痛苦折磨。由于婆婆年纪太大、病情又重，我对按摩和药物会有怎样的功效完全没抱指望。

六年后的暑假，我们一行人又回到藏区，来到唐婆婆家中。行李刚放下，我就看到树丛深处有个婆婆提着木耙、背着竹背篼、牵着孙子匆匆地赶过来，背篼里装着很多玉米。她头上裹一块蓝布、身着蓝布围裙，有点儿不自在地咧嘴笑道：“哎呀，你们来了！医生你走了过后，她们硬是天天给我弄……你看我都做得活路了，还下过山。”此次还有一位医生同来，我们一起查看婆婆的前胸后背，发现情况好得难以置信：正常的皮肤显现出来，狰狞的长蛇阵消失殆尽，只残留少许灰白的纤维条索和棕灰的色素。

二媳妇也赶来说了一件叫人高兴的事情。“半山那边有个老头儿，跟妈生了一模一样的怪病。听说妈治好了，他就请人来拿你开的方子去捡了药。然后，我们几个又教他屋头的做按摩。后来，他也好了，都一年多了。”她越说越高兴，大声招呼，“唐婆婆不要煮饭了，等下都到我们屋头来吃饭，牛肉、牛杂、老腊肉、糌粑都有，过来一起吃，我回去烧锅了。”一个学生说：“婆婆，来和医生照张相吧？”婆婆有些羞涩地答：“哎呀，老了，没得用了。”说着赶紧把自己的头巾、围裙整理好，在条凳上坐得端端正正。照片上，高原的夕阳斜照在她黑红的脸颊上，她笑口大开，眼睛亮闪闪的，笑成了弯月。

这件事情颇具震撼性，颠覆了我旧有的认知，促使我重新审视身体的自愈能力，从而对很多疾病的康复平添了新的念想。从此，我更相信生命力自身的强大，也相信“谋事在人，成事在天”。无论怎样都要竭尽全力，若老天也有意，那么奇迹就会发生。

No.8

乌兰巴托的蜡疗

冰天雪地中，热源很珍贵，但凡有点儿热气，人们的身体就会借着它康复起来。

蒙古国是一个游牧民族的国度。乌兰巴托的冬天很长，天寒地冻，在马背上活动的人很容易产生腰背和骨关节问题。

一天，蒙古医生埃尔卡同我谈起蜡疗，说它专治风、寒、湿杂症，问我要不要去参观。我当然乐意，于是我们俩顶风冒雪出了门。她昂首挺胸、神闲气定地大步向前，我缩着脖子、战战兢兢，终于踩着滑溜溜的冻土黑冰走到了蒙古国第一中心医院门诊部——一幢灰扑扑的旧楼，蜡疗地点就设在此处。

我们使劲掀开黑腻腻的厚棉布门帘，走向一楼走廊深处的一间屋子，掀开更厚的门帘，弯腰钻了进去。顿时，滚滚热气扑面而来，夹杂着人汗、奶酪、牛粪、柴火的味道。这间房就像个大厨房，墙边立着一个很宽的灶台，灶台上放了一口大铁锅，锅旁放着一个桌面大小的木头案板。炉膛里火烧得很旺，锅里正熬着明晃晃的灰色蜡液，有点儿像刚调好的藕粉，“咕嘟咕嘟”地冒着气泡。埃尔卡介绍说，这个蜡就是平时用来点蜡烛的那种。灶台周围摆满了条凳，条凳上坐着好些病人，他们个个粗粗壮壮、红光满面，正伸长脖子高兴地互相打招呼，边聊天边张望。

蜡疗师是埃尔卡的朋友，他面色红润，肩宽腰圆，光着上身和膀子，就像在草原上摔跤的壮汉或蒙古相扑选手。看见我们进来，他迅速地点了点头，算是打过了招呼。他腰间系着一条橡皮黑围腰，手中舞动着一个长柄大木瓢，正搅动着铁锅里的蜡液，后者被搅出了一层层漩涡。随后，他舀出满满两瓢蜡液倒在旁边的案板上，摊成一张厚厚的蜡饼，足有他自己的后背那么大。他用手拍拍蜡饼，示意我们俩也摸摸。我一摸，有些烫手，估计有40℃左右。

第一个病人已经就坐，是个壮年男人。他脱光上衣，双手撑在膝盖上，背朝着治疗师，背上的肌肉鼓起一团团疙瘩，看来很结实。只见蜡疗师双手快速抄起大蜡饼，“噗”的一声摁到病人背上，接着用几层厚棉布把蜡饼盖上，周边包裹严实，再裹上病人的皮袍子，把蜡饼固定好。这就算是大功告成了。患者背着蜡饼坐在条凳上休息，一个小时后取掉蜡饼。第二位病人是个胖墩墩的老太太。蜡疗师同样在她腰背上裹好热蜡饼，然后让她坐下来休息半小时。看来蜡疗师是以时间来控制疗效的。

接下来，蜡疗师继续舀蜡、摊饼、摁饼、裹饼……十几个病人很快就裹完了。蜡饼大多被裹在病人的腰背上，也有的裹在肩上、腿上、手臂上。病人们个个表情自在，颧骨上渐次泛出红润的光亮，脸上慢慢淌下汗来。后来，他们的目光开始涣散，显得睡意蒙眬，仿佛喝了两瓶伏特加一般。时间一到，治疗师就过来取掉蜡饼，再把它们放回大铁锅里继续熬煮。病人陆陆续续地钻进来，渐渐挤满了整间屋子。说笑声一浪高过一浪，人气十分和谐。无论男女老少，只要一进屋就不住地作揖打躬，点头微笑，对蜡疗师表示感谢。

蜡疗显然属于热敷疗法。事实上，全身热敷从掀开门帘那一刻就开始了，我们俩待到最后都热得昏头昏脑的。蒙古国是个严寒之地，很多毛病都是冻出来的。冰天雪地中，热源很珍贵，但凡有点儿热气，人们的身体就会借着它康复起来。所谓活血化瘀，促进循环，无非如此。而且，这种蜡疗简单易行，成本不高，因此深受民众喜爱。除了生物治疗外，它还兼有心理和社会治疗的效应。

寒冷的气候自然会催生出相应的文化和习俗。一天清晨，我走在乡间，看到颇为惊喜的一幕：四个十几岁的男孩一同骑在一匹棕色的马上，匆匆地走向冰冻的河谷地带。他们都衣衫褴褛，前胸贴后背地挤在一起，互相抱得好紧。人和马都热气腾腾，呼出白色的雾气。汗水顺着人的衣服、马的鬃毛滴下去，凝固成一条条冰柱，披挂起来像是武士的银色铠甲。这就是游牧民族天然的"热疗"，看来人与动物的身心状态均属上乘。

仔细观察，我发现四个孩子和马的眼睛都亮铮铮的，睫毛上闪动着白色的冰碴儿，他们都热切喜悦地注视着远方的河谷，眼神里辐射出惊心动魄的光芒。刹那间，我竟觉得时空茫然起来，想起了极地、洪荒、冰河、瘦马、堂吉诃德，以及《荒野的呼唤》《马背上的水手》……

《本草纲目》中也记载过蜡疗："……用蜡二斤，于悉罗中熔，捏作一兜鍪，势可合脑大小，搭头致额，其病立止也。于破伤风湿、暴风身冷、脚上冻疮……均有奇效。"目前，我国的蜡疗主要集中于寒冷的北方和东三省。据说有的使用蜡垫法、刷蜡法，还有的使用局部浸蜡法，即将患部浸入热蜡液中进行治疗。

No.9

狂犬病生死事大

狗原应属于山乡、雪原、林地、草原，它们更热爱牧羊、护林、导盲甚至缉毒等富有存在感的生活。身在拥挤密集的人群中，它们难免感到冷落、困顿、孤单。

1987 年，我在华西精神科做住院总医师。初春的一个傍晚，我接到急诊室的电话，于是骑着自行车匆匆赶往医院。

急诊室里挤得水泄不通，我费尽力气才挤进去。患者是个农村小女孩儿，她半躺着，牙关紧闭，眼皮一阵阵颤动，不时地甩头，手脚痉挛，头发粘在脸上，汗水渗湿了旧棉袄的衣领。她父亲半蹲着抱住她，随着她的抽搐耸肩缩颈，使劲把她抱稳。小姑娘 12 岁，痉挛抽搐已有两天。她当天清晨到急诊室后，好几个科的医生都来看过。内科医生怀疑是脑炎、癫痫，传染科医生考虑过破伤风，神经科医生认为需要排除癔症发作，所以建议精神科医生来看看。

小姑娘意识不清、唾液极多、体温偏高、大汗淋漓、小便失禁、心跳和呼吸急促……最后我发现她左边小腿的后外侧有两根棕色条纹，约 2mm 宽、6mm 长，条纹边缘的皮肤有点儿红肿。我盯住条纹看了会儿，问她父亲她最近是否受过伤，男人摇摇头。我请他仔细瞧瞧女儿腿上的条纹。他怔怔地看着，突然“哇”的一声哭了出来：“哎呀，上个月有一条过路狗，娃儿被咬了。”说完他仰头大哭，眼泪、鼻涕顺势流在孩子的棉衣上。好心人捡来几张报纸铺在地上，扶他坐下。“哎呀……哎呀呀呀……”他的哭声响彻小院，闻之心悸，就诊的人们纷纷绕行。

小女孩儿随即被诊断为狂犬病，很快住进了传染科。她病情越来越重，周围稍有风吹草动就剧烈抽搐，先是持续高热，继而昏迷、衰竭，三天后死在父亲怀里。

此后，无论何时何地见到狗，我都会认真地察颜观色，揣摩其体能、情绪、健康状况。有一天，我经过华西医科大学校园门口，发现那里贴着一张“校园内禁止遛狗”的告示，当下感慨华西医大不愧为医学高等殿堂，随时都在弘扬预防医学的理念。

千禧年后，我到某国际志愿者机构担任全科医生，为那里的外宾诊疗疾病，他们大都在中国西部的学校做老师。一天中午，电话铃骤响，我刚拿起听筒就听见一阵声嘶力竭的哭声，吓得心惊肉跳。电话是一位年轻的加拿大女老师打来的，她那时身在中国西南一个偏远的村庄里。她断断续续地边哭边说：“狗在我寝室里跑来跑去……它正在撞墙……”

我定了定神，边听边收拾东西——急救包、便携冰箱、狂犬疫苗、抗狂犬病血清、抗菌素以及其他药品——立即准备上路，争取尽快赶到现场。同时，我告知机构领导，联系她所在的学校，共同商定了几项事宜：

①立即报告当地疾控中心和有关部门，请他们到现

场指导处理。

②马上隔离那只狗，不让它再接触任何人或动物。

③凡被那只狗咬伤和抓伤的人，立即去疾控中心打狂犬疫苗。

④凡被那只狗咬伤和抓伤的狗，立即隔离、观察。

学校领导反应敏捷，很快就请兽医专家去了现场。他们都觉得，学校里人太多，要绝对隔离狗很困难。安全起见，他们准备马上杀死、焚烧、掩埋狗，以断绝传染源。我请兽医专家务必按医学常规留下狗的头颅和唾液作为标本，以便进一步检查和诊断。我很快登上飞机，几小时后到达学校。那位女老师正站在寝室窗前蓬头垢面地哭着。狗咬在她左臂肉最多的地方，咬出几个米粒大小的扁孔。

我马上根据“狂犬病预防控制技术指南”为她处理：

①拿注射器针管，用 20% 的肥皂水和清水反复交替地灌洗伤口达 20 分钟。

②给伤口周围注射抗狂犬病血清，把感染限制在局部，阻止病毒向中枢神经系统扩散。

③注射狂犬疫苗。她到中国后曾打过三针狂犬疫苗，这一针属于强化。

④口服广谱抗菌素。动物的牙齿上有多种细菌，人被咬伤后很容易感染。

她渐渐安定下来，告诉我刚才有人来给房间消过毒，小土狗也被装进铁笼子带走了。狗是上学期赶集时从老乡手里买的，平时脾气温和，哪料到突然变得如此吓人。学校领导满头大汗地赶来，说刚刚在后山树林里协助兽医和警察处理了狗：在它身上浇了汽油，焚烧后埋在一个深土坑里，狗头和装唾液的试管放在兽医带来的小冰箱里。女老师听了放声大哭，不停喊着“我的狗、我的狗”。领导见状，面有愧色。

这时电话响了，原来是女老师的妈妈从加拿大打来的。巧了，这位女士居然是加拿大某城市疾控中心的医务人员。听完女儿的哭诉，她也认为狗的表现很像是狂犬病。当然，她最关心的是女儿的身体。我把处理过程给她讲了一遍，顺便告诉她狗的处置情况。她接着问道："狗的原主人家能不能找到它打狂犬疫苗的记录？"领导小声说："乡下的土狗一般都没打过什么针。"我如实翻译给她，她沉默了几秒，然后对在场的每一位都表达了谢意，说给大家添了麻烦，若需要帮忙，请随时告诉她，她一定会全力以赴。从头至尾，她表现得镇定自若，与多年前那位无助的父亲形成了鲜明对比，不愧为专业人士。

放下电话，天色已晚。我赶紧询问学校领导其他被狗咬伤和抓伤的人是否都打了疫苗。领导面有难色地答："这些人都不想打针，说土狗没啥子关系。我动员了好几次，他们都不听。医生，要不请你从专业角度再去给大家讲讲？"我跟着领导去了食堂，那里已有好几十号人。除了女老师的学生，其他人都是教师家属，有人还抱着小婴儿。领导说，孩子们经常和土狗打闹，小婴儿抓住狗毛就不松手，好几个都被抓伤过。我看了一圈，发现几个小孩儿手上的抓痕都很浅、很小，幸好没人被咬伤。我抓紧给大家讲了几点：

①土狗可能得了狂犬病，狂犬病极有可能传染给人，发作后死亡率接近百分之百。

②要尽快注射狂犬疫苗，让身体快速产生免疫力。

③抓伤的地方，要用肥皂水和清水反复交替地清洗20分钟。

众人似信非信，仍旧说笑打闹。我越讲越急，脑子里源源不断地冒出一系列恐怖镜头：既然这条狗一直在学校内外自由活动，它完全有可能攻击过其他人或狗，而其他狗也可能攻击过人或狗，那么感染范围将无法估量……念及此，恐惧的黑雾从我眼前升起，汗水顺着背脊淌下，呼吸也有些不畅。

我赶紧定下神来，看到听众越来越多，就顺手拉过一张饭桌爬了上去。领导递来一个话筒，我便站在桌上对大家喊话："现在天刚黑，你们马上下山去打狂犬疫苗，疫苗发票都可以拿来报账，赶快啊。"大伙这才反应过来。领导说，看样子得在喇叭里喊喊话才行。我又跟他去了学校广播室喊话："凡是被狗咬伤、抓伤的，今晚必须去打狂犬疫苗，校门口有校车接送……"群山也响起此起彼伏的回音，听上去声势恢弘。月黑风高，树木张牙舞爪，20多个人终于集中在校车里，一起下山去了。

兽医专家着实能干，他先把狗头和唾液提到一个实验室放进超低温冰箱，接着马上联系上级科研机构，准备将标本送去做病理检查。可他电话打了好几个回合，都没找到合适的实验室，于是请我也帮忙联系。

我开始四处打电话，先后联系了协和、华西、湘雅、武汉等几个医科大学，都没有实验室接收。最后，我找到复旦大学微生物教研室，一位女老师接了电话，声音温婉雅致。我简明扼要地把情况讲了一遍，她听完安静地说："我们实验室很久没做过这种实验了。确定病原微生物太费事了，要分离、培养，还要接种到动物身上，再观察它发不发病……反反复复地做，时间蛮长的。我们实验室很忙，这个实验一般是不做的。”我只好左右劝说：“这只狗抓伤的人太多了，很多都是小孩子，要明确诊断才好处理后续问题。我们已经联系了很多实验室，都不收这个标本……”说着我喉咙有点儿发哽。她终于开了金口：“那就送来吧，一定要注意超低温保存，绝不能高于零下60℃。还有，标本的包装和转运有严格规范，一定不能造成污染啊，这些你都清楚吧？”我连声应承下来。

兽医专家连夜包装好狗头标本，亲自携带超低温冰箱赶到机场。但航空管理条例规定：狗头不能空运。好在专家本人是当地畜牧局的领导，他给卫生局、检疫局、公安局、农业局等打了一圈电话，反复说明此次空运的必要性和紧迫性，终于登上了飞机。

此后，我翘首东望，期待复旦的消息，也打过数次电话询问，对方都说结果还未出炉。幸好在此期间，学校内外没有任何疑似狂犬病的病例发生。六个月后，报告终于寄到，上书“犬瘟热”。我立即想起兽医专家当时的判断：“症状很像犬瘟热，当然也不能排除其他问题。”

女老师事后便返回加拿大的家中休养生息。我电话告知她“犬瘟热”的消息后，她十分释然和快乐。当地20多个人注射狂犬疫苗的费用，皆由我所属的国际机构支付，实在感谢其慷慨。当地学校早就恢复常态，稳定地运转着。学校领导将此事命名为“四一八事件”，便于今后交流讨论。

今日记下此事，首先要感谢复旦那位温婉的女老师，还要感谢聪慧能干的兽医专家，以及心怀仁爱、举重若轻的学校领导。

关于疫情和疫苗，值得提醒的是：

① 2012～2016年，狂犬病死亡人数在传染病中居第三位（前两位分别是艾滋病、肺结核）。2016年，中国狂犬病发病人数为644人，死亡人数为592人。

② 如果事先注射过狂犬疫苗（3针），人体就能获得免疫力。但被狗咬伤后，还需马上注射疫苗以强化剂量。

③如果事先没打过狂犬疫苗，事后补救则需注射6针疫苗，分别在第1天、第3天、第7天、第14天、第30天和第90天。第一针争取在24小时内注射，以便让身体快速产生免疫力，在发作前能起些作用。

④人被猫、狼、猴、蝙蝠等动物抓伤后，也要马上注射疫苗。

⑤提倡对狗的免疫。世界卫生组织建议，如果一个地区狗接种狂犬疫苗的覆盖率达到70%，狂犬病就不易流行，人就能避免感染。也就是说，此地区的人就不用再接种疫苗了。此举免去了疫苗对人体的副作用，更节约、更人道。

狗原应属于山乡、雪原、林地、草原，或许它们更热爱牧羊、护林、导盲甚至缉毒等富有存在感的生活。身在拥挤密集的人群中，它们难免感到冷落、困顿、孤单，甚至饱受隔绝与囚禁之苦，想来确实不大相宜。而我们人类也不妨多与同类相濡以沫、相互取暖。

1978年，我考上华西医科大学，与四川省建工医院的同事们合影留念。

人间

No.1

昏迷的老人

女友深得要领，她给父亲喝含盐的菜汤，又用被盐调和好的态度对待父亲。

2004 年盛夏，人早晚都热得浑浑噩噩。一天，我的一位女友急急忙忙地找上门来。她说她父亲已经昏睡了三天三夜，怎么也喊不醒，期间没喝过水、没吃过东西，也没解过大小便。老爷子 93 岁了，平时没啥大毛病，三天前还好好的，能自己起床、解手、洗脸，也能正常地说话、看电视。我建议她马上带着老人家去医院看急诊。她有些犹豫，理由有三：首先她父亲安安静静的，看不出有什么不好；二是天气实在太热了，不好搬运，万一途中出了问题不好收拾；三是华西医院急诊室一向拥挤，要排好几个小时的号……

看着女友焦急落泪的样子，我就去了她家。房子在15楼，入夏以来，屋里一直开着空调，室内温度为26℃，感觉舒适。老爷子安静地平卧在床上，盖着薄薄的毛巾被，体态清瘦，睡姿自然，表情柔和，呼吸均匀，颧部呈现出微微的淡红色。确实看不出什么异常。朋友大喊了几声“爸爸”，老人家纹丝不动。我先是在他耳边用力击了几下掌，又掐了掐他手背的皮肤，他都没有丝毫动静。我只好深深地掐了一下他的眉弓（眶上神经），发现他稳若泰山，依旧一副闭目养神的姿态。于是，我认真地为老人家做了一番体格检查，结果显示：体温35℃，脉搏68次/分，呼吸14次/分，血压130/66mmHg，瞳孔3mm且对光反射存在，腹部柔软，肠鸣音可闻，膀胱部分充盈，脖颈柔软，骨关节无异常，周身皮肤也未见异常……此外，枕巾、床单、内衣上也没什么污迹。但无论是翻身还是移动，他都没有任何反应。

除了昏迷，老人其他方面都很正常。此事看来颇令人费解。我在床边的椅子上坐下来，仔细地打量他的脸庞和睡姿，观察了很久也没找到什么线索。渐渐地，我觉得脑袋有点儿混沌、沉重，思维开始发散：是不是他的生命已经自然而然地走到了尽头，就像蜡烛快要燃尽一样？他会不会就这样静静地离去了？希伯来、印度、中国的典籍都曾记载过人的自然逝去。对老人而言，这或许是最容易、最轻松的走法。在医学欠发达的时代，许多人都是自然死亡的。而在医院的 ICU 里躺着，通过静脉营养、心脏除颤、呼吸机等医疗手段维持生命，大概也是医学昌明时代的特色……

女友和保姆不停地进进出出，给老人擦脸、擦身，翻动、整理床铺。我呆坐着，隐约听到保姆在自言自语："爷爷平时睡着了都要流口水，这两天都没流，枕头上干干净净的。"我脑袋一亮，忙问："这两天都没流口水吗？""没有，你看嘛，枕头和帕子都是干净的。"保姆提起枕巾回答。"好的，那我们来给他喂点儿水。他平时喜欢喝些什么？""广柑水，温热的。""那就弄点儿新鲜的广柑吧，把味道弄好点儿、清淡点儿，不要有渣子。"我吩咐保姆。

随后，我们一起把老人扶起来，用棉被、枕头垫稳他的腰背、头颈，让他斜靠在床上，再用小调羹把广柑水一点儿一点儿地渗进他的嘴角。突然，他嘴唇一抿，喉结上下一动，“咕嘟”一声把水咽了下去。停一下，再喂，他又咽了下去。我们继续慢慢地喂，喂到五六勺时，他的眼皮居然动了一下，喉咙里发出“嗯嗯”的声音，嘴巴开始吸吮调羹。女友见状大喊起来：“哎呀，爸爸，你……你要喝水啊，喝水。”她声音发哽，似乎就要落泪，好容易稳住神，又吩咐保姆：“再去弄点儿淡的绿茶，那是爸爸最喜欢的。”

喝过茶水后，老人缓缓地睁开眼睛，后来越睁越大。他的眼神起初还有些茫然，渐渐地，眼里开始闪现出点点灵光。好惊人！女友大喜过望，立刻让保姆去煮菜汤、熬米汤。接着，老爷子自己用吸管把米汤慢慢地吸进嘴里，一边吸一边向我们微微点头致意。过了一阵，他就解出了小便，颜色淡黄偏中黄。

黎明时分，老爷子让大家把他扶到客厅去，然后安静地坐在沙发上。这个沙发安放得恰到好处，正对着电视机，一边放着老花镜、放大镜和书报，另一边栽了些龟背竹、常春藤、金银花、茉莉花，淡绿的背景中飘出幽幽香气。看来女友果然能干，把父亲的起居安排得如此周到。她的才能是全方位的，不仅教授当得好，做女儿也很贴心。

我这才注意到，老人脸上似乎总挂着微微的笑意，即使是昏睡时表情也十分柔和，真是一位儒雅老者，难怪如此高寿。女友在父亲面前露出了小女儿的娇憨姿态，爸爸长爸爸短地唤着，像花蝴蝶一样飞进飞出地张罗着，笑容可掬、裙裾飘动。

想起昨夜那些眼泪和叹息，我脑袋里浮现出姜夔的词："笑篱落呼灯，世间儿女。写入琴丝，一声声更苦。"从此，我便被女友时时调侃，还被封了个"神医"的雅号。

事后，我一直在想：如果那晚不喝水，老人还能坚持多久，会不会就这样安静地离去了呢？又会不会出现生命体征的波动或回光返照的情景呢？一切都不得而知。此前，我对医学以外的自然死亡现象缺乏观察和了解，想来也很遗憾。

我也深刻地理解了脱水是个多么严重的问题。缺水即缺血。一旦人体内的循环血量不足，心脑血管可能就会缺血，人就会出现意识问题甚至生命危险；缺水还会导致血液粘滞度升高，诱发脑、心、肺、肠等出现血栓、梗塞。对老年人来说，包括“渴”在内的一切感觉都会变得越来越迟钝。作为家人，我们需要随时为他们提供各种可口的水。此外，老年人突然从蹲位、座位上站起来时，容易发生意识丧失、跌倒在地的情况，这是由于上半身血容量骤降、处于最高位的头部供血不足而造成的脑缺血。因此，老年人平时坐起来、站起来时要尽量慢一些。

除了水，老年人也要注意补充盐分。许多被送到医院的老年人一检查血液电解质，就发现血清钾、钠、氯都偏低，这表明他们体内缺盐。缺盐会导致缺水，造成循环血量不足，使人周身发软乏力，特别是由于忙碌、劳累而大量出汗时。

过去，医院急诊室有个常规：对病因不明的危重病人，先把盐水瓶吊上再说。因为不管是什么病，维持循环都是抢救生命的第一要务，随后再进行诊断治疗。在医疗条件不好的非洲地区，要同时治疗大量腹泻、脱水、休克的病人，医生只有一个绝招：给他们口服补液盐。20 世纪 70 年代末，我见过一些卖血的人。他们随身常备军用水壶和搪瓷缸，抽血前会偷偷喝下至少 1000 毫升含盐的水来稀释血液、补充血容量。

李时珍在《本草纲目》中详尽列举了各种盐：海盐、池盐、崖盐、井盐、戎盐、木盐、蓬盐……他还赞叹："造化生物之妙，诚难殚知也。"《圣经》里也几次提到盐，比如："一切的供物都要配盐而献。""物淡而无盐岂可吃吗？""你们的言语要常常带着和气，好像用盐调和，就可知道该怎样回答各人。"看来女友深得要领，她给父亲喝含盐的菜汤，又用被盐调和好的态度对待父亲。

No.2

通往阿尔茨海默的道路

生命的任何状态都是有意义的，抑郁、焦虑、强迫、恐惧等各有其价值。比如阿尔茨海默病（又称老年失智）能令患者免于体验死亡的痛苦和恐惧。

她80岁，目光混浊，完全不在意身边的人与事，大小便都在床上随机进行。从早到晚，她只是低着头、抖抖索索地把衣服扣子一颗颗地解开，再把衣服一层层地剥下来，好像它们是累赘的身外物。她也喜欢抓扯棉被和枕头，把它们拉近、推远，直至推下地。弄得累了，她就“嗯嗯啊啊”地喘息一阵，接着又像西西弗斯一样周而复始。保姆只好在旁边阻止、劝说，并替她穿上脱下的衣服。

她儿子是我早年的同窗，人很孝顺，请我去家中看看她，希望能尽量想想办法。我先想到的是给她穿上尿不湿，再做些小婴儿穿的连体衣裤，开裆上拉链，免得她穿来脱去而受凉。到她家时恰好是午饭时分，鱼丸、鸡汤端了上来，她眼睛一亮，面有喜色道："饭饭、饭饭，吹吹、吹吹。"看到母亲日复一日地返老还童、无法理喻，儿子神色凄凉而张皇。一老一少两个保姆轮班侍候她，皆表情木讷、睡眼惺忪。

我大致检查了她的身体，又看了看她的病历和体检报告。她一直按常规服用扩血管和降血脂的药，五脏六腑都没什么大问题。于是，我准备让她吃点儿安眠药，至少保证晚上能睡几个小时，以免体力消耗过大。

春寒料峭，雕花的木窗外，泡桐树淡紫色的花恣意地开着。此情此景却让人揪心。她曾经是耳鼻喉科医生、女中豪杰。当年，她工作繁忙，常常超负荷运转：看门诊、管病房、上手术、写论文、带学生……年纪渐长，她体力不支，早早就与儿子商定自己退休后要彻底休息，不返聘，也不私下看病人。儿子也认为母亲晚年的重点只有一个：休息休息再休息。因此，儿子想方设法地装点好这个安静的院落，让母亲颐养天年。在这里，一切都不用她操心：不用买菜做饭，一日三餐都有人送上楼，衣服不用洗，家务不用做，只管浇浇花、看看电视就好。一直以来，她除了工作，别无爱好，也没几个朋友。结果，在退休后的 20 年里，她几乎是枯坐在阁楼上，看尽了泡桐树花开花落。

刚退休那几年，她曾经烦躁、生气、哭闹、骂人，甚至出现过幻觉。去精神科看过后，她吃了一些相关药物来控制情绪、增加睡眠。这更让儿子觉得，她需要加倍休息、认真侍候。儿子在家时，每天早晚都会上楼问安。但儿子工作忙，老是出远门，没法常常陪伴她。起初，她还安安静静待在家里，慢慢地就开始在窗前张望、踱步，后来干脆就不睡觉、不吃饭，专心倾听楼下的动静，直到儿子回来。于是，儿子只好尽量调整工作，守在她身边。有一次，儿子实在有事要出差，只好对她说："妈，我要出去几天，你看不到我不要着急哈。"话音未落，她就一把抱住儿子的腰，坚决不松开，最终弄得儿子误了航班。此后，他就再没出过远门了。年年岁岁，窗外的泡桐树越长越高大，紫色花朵遮天蔽日。她越来越沉闷，电视不看了，花不浇了，也不再打量窗外，发呆的时间越来越多，脸上越发失去了表情。渐渐地，她竟然连儿子也认不出了。

谈起这些，同窗喉头发哽，对自己为母亲一手安排的享清福的生活痛心疾首。他知道，与她同龄的好多同事们仍在坐门诊、动手术、讲课、带学生。忙活了大半辈子的母亲不应与世隔绝、无所事事地闲坐家中，她需要充实忙碌的生活——见许多人、说许多话、走许多路。

然而，当他意识到这些时已太晚了。生命在于运动。人是动物，身心都要动起来才能焕发生命的活力。

不同的人活在不同的生态圈中。与同窗家相距不过几百米的小巷里，住着另一位老人。1985年前后，我天天都要骑车经过华西医院围墙外的一条灰不溜秋的狭窄小巷。那里鸡犬当道，雨天泥泞满地，晴天尘土飞扬。我常常看到一个老人，他家就在小巷中央，门口堆满了花花绿绿的纸盒。他看上去很老很老，双眼眨巴、迎风流泪，脸上灰暗浮肿、沟壑纵横，头发几乎掉光了，牙齿也只剩下几颗“钉子户”，说话时关不住风，吃饭时嘴皮吸进努出，动静很大。可他总在门前干活：给裁剪好的纸板边缘刷上浆糊，把它们粘成一个个蛋糕盒、点心盒。中午时分，一个工人骑着三轮车来送纸板，同时取走糊好的纸盒。每到那时，老人就会颤颤巍巍、一趟又一趟地把纸盒堆上车，再码放整齐。最后，几个硬币在两人手中交接，“叮叮当当”的声音很清脆。入夏后有段时间没看见他，我猜想他可能是离去了。但过了些天，他的身影又出现了，仍旧在家门口糊纸盒，接着歪歪倒倒地把它们端上三轮车。

我不由感慨生命力之强大与长久。然而，如此高龄又如此辛劳的人确实少见。有一天，我发现了答案。那是一个明亮的正午，我见老人正努力地把一堆棉被端端正正地摆在门前的空地上。棉被里裹着一个小男孩儿，他大概六七岁，头颅畸形，表情呆滞，嘴角流涎，坐在地上一动不动。孩子面前放了一个搪瓷碗，里面有几枚硬币，原来是在就地乞讨。天气晴好，男孩儿在秋阳下端坐着，脸灰扑扑的，不言不语，不笑不动，像一尊风化的泥菩萨。

小巷偏僻，偶有上班上学、衣着整洁的人们路过，但大多步履匆匆，无暇他顾。只有几个邻家大嫂叹着气，从腰间摸索出小布包，犹犹豫豫地数出几个硬币，蹑手蹑脚地走近，轻轻把它们投进碗里。过了一阵，一个衣衫褴褛的乞丐恰好经过，只见他身子一斜，蜻蜓点水般放下两个硬币就飘然而去，颇有济公的风度。成都大概是一个比较好容身的城市。多年来，我见过不少耍猴戏、拉二胡、吹唢呐的南北艺人，当中有些人的技艺不见得比剧团里的演员差。

此时，旁边一个婆婆自言自语道："造孽啊造孽！"原来小男孩儿的父亲和祖父都已亡故，只剩下唯一的曾祖父与他相依为命。我恍然大悟，这才是老人生命力长久的原因。他必须要活下去、要爬起来做事，这样才能养活患病的曾孙子。无论多么衰弱，老人的身心都处于某种动态；即使是气若游丝，他的心灵之灯仍会幽幽地燃烧下去。

其实，我觉得生命的任何状态都是有意义的。抑郁、焦虑、强迫、恐惧等各有其价值。老年失智则能令患者免于体验死亡的痛苦和恐惧。这就像是各类宗教用轮回、复活、天堂等观念许诺信徒不死的可能性，由此来缓冲人们对死亡的恐惧。信徒们往往用多年的修行甚至一生的光阴来内化这些信念，由此获得内心的安宁和释然，这大约便是宗教的吸引力所在。

仔细想来，上天对死亡作出了颇为恰当的安排。在临近死亡之际，让个体进入木然、迟钝甚至失智状态，借此安稳离世。按照自然规律，如果个体在身体之火熄灭时，心灵之灯也同步枯竭，那就是作好了身心两方面的准备去迎接死亡。这是非常圆满的结局。遗憾的是，对某些个体而言，心灵枯竭来得太早，就像同窗的母亲一样。虽然心灵之灯几近枯竭，但她的身体活力尚存，还有足够的精力来脱衣服、扯棉被。哀莫大于心死。她悲剧的核心是老年失智已发展到最后阶段，回天乏术。

无论城乡，大多数老人以后的理想去处很可能是一些类似于养老院的机构。如果这些机构能根据每个老人的具体情况，设计和实施多种高质量的精神活动和适度的体力活动，让他们的身心都处于活跃状态，保持着七情六欲，一起高高兴兴地有所为、有所学就好了。多年来，我一直关注此事，也相信它是完全可以实现的。其实，很多老年人想做点儿事情、学点儿东西、受点儿教育的热情，远远超过了年轻人。

No.3

淋巴瘤还是上呼吸道感染？

炎症和肿瘤是需要时间来鉴别的。幸好男孩儿住的是中医科，节奏慢一拍。

朋友的儿子14岁，平时身体很健壮，喜欢踢足球、爬山。有一阵子，他喉咙好像不太舒服，但没有明显的感冒症状。直到一天早晨，朋友突然发现儿子脖子右侧出现了一个乒乓球大小的包块，吓了一跳，赶紧带他去医院看病。血液检查结果显示：淋巴细胞百分比和绝对值增高，异形淋巴细胞增多。医生怀疑是淋巴瘤，建议他马上做穿刺活检，以便确诊。

朋友拿着病历来找我。一开门，我就看见她像个巨大的面粉口袋一样慢慢地坠滑在地，斜倚着地面大口喘气，脸色煞白。过了好几分钟，她才缓过气来，哆嗦着从兜里摸出病历，号啕大哭道："哎呀，我不想活了，他得癌症了！"哭声惊天动地，路过的邻居纷纷侧目。

我看了血常规化验单后，意识到问题很严重，就劝她赶快让孩子住院，积极诊断和治疗。

由于医院床位紧张，男孩儿临时住进了中医科。医生检查后说，孩子体温略高，先输点儿抗菌素，等体温恢复正常再做包块穿刺。哪知输了几天抗菌素后，男孩儿脖子上的包块竟然越来越小，渐渐地从板栗大小变成花生米大小，后来就看不见、摸不着了。

期间，朋友在病房里全天候陪伴儿子，偶尔在一张细木条凳上平卧休息，几乎是目不转睛地观察到包块的戏剧性变化。主管医生也很高兴，他估计包块是由上呼吸道感染引起的淋巴结肿大，所以才消失得那么快。穿刺活检也不用做了。母子俩收拾好东西，欢天喜地出院了。

几天之内就消失的包块确实不像是肿瘤。况且在显微镜下，急性炎症的病理改变有时与肿瘤难以区别。所以，炎症和肿瘤是需要时间来鉴别的。幸好男孩儿住的是中医科，节奏慢一拍，没有急急忙忙进行活检。

20多年过去了，小男孩儿已长成大男人，前几年还千里走单骑，骑着摩托去青藏高原采风。他早就忘记了包块的故事。可朋友每每说起此事，都心有余悸、喉咙发哽、叹息不止。

No.4

小儿按摩

按摩时要以病人为中心，以舒服为准，不可过度。
而医者自己的理论和经验可以灵活变通。

小湖是我的侄女，长得又高又瘦，平时喜欢游泳、打羽毛球，很少生病。她10岁那年的某天清早，她妈妈慌慌张张地打电话给我："姐，我有急事要出差，已经到长途汽车站了。小湖感冒发烧，你帮我把她带到儿科医院去输一下液。"

我很快赶到她家。小湖脸色潮红，哭兮兮道："哎呀，我不舒服，我发烧了，我身上烫。"我拿出听诊器听了听，没发现什么问题。她当时体温38.9℃，有鼻塞、流鼻涕、喉咙痛、声音嘶哑、咳嗽的症状，但没有浓痰、浓鼻涕，也没有耳痛，不像有明显的细菌感染。我又看了看她昨晚吃的常规感冒药，心想既然已经吃了药，不妨先观察一下。哪知小湖跟我说："我要跟你到医院去输液，妈早晨说的。"我犹豫了下说："我先帮你按摩试试，如果不行，我们下午去医院？"她点点头。

我先给小湖喝了点儿新鲜的柠檬水，然后让她骑坐在木凳子上，双手扒着靠背。我坐在她身后，从她头顶和颞部开始轻轻地揉捏，再揉太阳穴和枕部的风池穴一带，接着揉前额、眉弓和面颊。同时，我不停地问她："你觉得舒不舒服？"她说还好，觉得鼻子通畅些了。我就在她的头、颈、肩一带继续揉捏。

开始，我尽量温柔地使劲，让她感到轻松、舒服。等她说出哪里酸、哪里痛时，我就重点按摩那些区域。按着按着，她感觉没那么酸痛了，好像越来越安逸。我手上慢慢加了力道，她也没感到不适，连声说："再按一下这儿，再按一下这儿。"

接下来，我让小湖趴在床上，为她按摩全身。头、颈、肩、背、上臂、肘、手、腰、大腿、小腿、脚，捏、揉、压、晃、摇、掐、敲……我尽量灵活地采用多种按摩手法，都是开初轻柔，逐渐加大力度。只有胳肢窝不能碰，我一碰她就躲闪，咯咯咯地笑着说："不按了、不按了。"

后来，我觉得在她背上使劲不大顺手，就叫她转过身来面对我，坐在我的大腿上，头和双手都搭在我肩膀上，像是在热烈拥抱。然后，我就沿着她的脊柱和肋骨，上上下下地揉、捏、掐她整个背部，像是在弹琵琶或手风琴。摸到小湖瘦骨嶙峋的背部时，我有点儿心惊：怎么平时没看出来她那么瘦？转念一想，估计她正在抽条[1]，就释然了。

按按歇歇，前后加起来约莫有一小时。她身上的温度似乎没那么高了，还出了一层毛毛汗。后来，她说想

---

1. 四川方言，孩子在发育过程中长高、变瘦。

睡觉，我就停了下来。她躺下后很快就睡着了，鼻息均匀而平和。过了一会儿，我听到她深深的鼻息，显然鼻子还有点儿堵，鼻尖上渗出一层细细的汗珠。

我坐在床边休息，顺手拿起一本戴安娜王妃的传记翻看，恭候疗效。书看了一半，她突然翻身醒了过来，蒙眬地睁开眼，眼结膜有些充血：“啊，你还在这里吗？几点了？我想吃点儿东西。”“好的，我去给你煮汤，两点了。”我赶紧起身到厨房去。

正在剥番茄时，我听到她房间里窸窸窣窣有些动静，接着就听到她高声地问：“哎，哎，我的书包呢？”没等我回答，就听见关门的声音。出去一看，她已经不见了。我赶紧开门追出去，连声大喊：“哎——哎——回来喝点儿汤，再量量体温……”只见她背着书包，急急忙忙地下楼，头也不回地喊：“不了，不了，我下午还有课。”这次发烧就这样平安度过了，令人喜出望外。

我国最早关于按摩的专著叫《黄帝岐伯按摩经》，说明早在秦汉时期便有人比较系统地研究按摩疗法。后来一些中医书籍上也有相关论述，比如用按摩治疗热病温病、小儿惊厥、麻痹萎缩、积食腹痛等，值得考究。

“痛则不通，通则不痛。”中医提倡舒筋活血，所以进行全身按摩、保持气血通畅很重要。当然，局部那些酸、麻、胀、痛、僵硬不适的地方也需要关注。据说，医者一边按摩，一边向病人求证：“这里痛吗？那里痛吗？”病人反复体会后回答：“啊……是。”由此，“阿是穴”便产生了，它没有固定位置，由医者根据病人的“痛点”来确定。按摩阿是穴时，初轻后重（无论何时都不能太重），疗效会比较好。多数情况下，病人如果能躺下来，身体放松些，按摩效果最佳。

近年来，按摩疗法渐渐为大众喜爱，各种按摩设备也大行其道。不过，按摩要以舒服为准，以温柔中庸为好，千万不可过度。

母亲80岁时，一天下午我去看她，发现她的右膝关节肿了。那肿块在几小时内慢慢胀大，最后变成一个紫色的大圆球，且发热发烫、剧痛难忍，望之惊心动魄。我担心是血栓或感染，半夜里把母亲送到急诊室，做了包括心肺、局部血管超声、凝血功能等在内的详细检查，均未发现问题。我只好先让她抬高、制动，再静养、观察。详细追问后，我得知头天上午有一位按摩爱好者给她按摩过膝关节。母亲年纪大了，膝关节有自然的退行性改变，结构颇脆弱。估计那人按得过于生猛，引起她腘窝血管出血。所幸有惊无险，她卧床几周后，膝盖处的血肿就完全吸收了，期间也没用什么药。

还有一位中年男性朋友，他曾由于在按摩椅上按得太凶、坐得太久，导致左侧肾挫伤、肾出血，只好卧床休息了一个多月，慢慢等待肾脏长好。

因此，按摩时务必以病人为中心，让他们感到舒适，而医者自己的理论和经验则可以灵活变通。希望这些对读者有所帮助。

No.5

与肝硬化相伴50年

糊涂疗法的主要内容是正常读书、写字、画画、聊天、散步、做事，以重大疾病之躯选择一种诗情画意的生活方式。

1990年左右，四川美术学院的书画大家黄原教授常来成都。他背着行囊、画框、画轴，身形清瘦，风尘仆仆，精神矍铄，看上去颇有魏晋风度。

我发现黄老师站定后似乎总有一阵轻轻的气喘，就问他有没有什么不舒服，他笑答："没啥子，各方面都很对头，几十年都没进过医院了。"我让他做个常规体检，黄老师开始觉得没什么必要，经我再三劝说才勉强同意。

腹部超声检查的结果有些不妙：他的肝脏上爬了一

道道粗大的纤维条索。做超声波的医生连声招呼大家："哎呀，快来看，这是标准的血吸虫性肝硬化，肝脏像'龟板'一样发生了变化，难得看到哈。"以前，血吸虫病在南方乡间很流行。人们下水田时常被寄生于钉螺体内的幼虫感染。患者骨瘦如柴，肚子胀得很大，惨不忍睹。"千村薜荔人遗矢，万户萧疏鬼唱歌。"这两句诗生动地描述了当时的景象。而胸片结果似乎更加凶险：慢性支气管炎、肺气肿、肺源性心脏病……

看上去黄老师已病入膏肓，68岁的他还剩下多少寿数，三年或五年？我背上开始冒汗，但黄老师却不这样想。当看到"血吸虫性肝硬化"的诊断时，他连连点头说："是的，1950年我在重庆医学院住院时，苏联专家就给我做过肝穿刺活检，确诊是血吸虫肝硬化。事实证明，苏联专家的诊断完全是正确的。"看来他对苏联专家十分钦佩。接着，他竟笑逐颜开道："肺心病嘛，没得啥，我才不相信那些，我好好的，吃得也动得。"

"你还是要注意身体。"我劝他。"我晓得。各有各的办法，我有我的糊涂疗法，我要活到120岁。"他告诉我，糊涂疗法的主要内容是继续读书、写字、画画、聊天、散步、做事……还有坚决不和医院打交道，不吃任何中西药。说着说着，他口气变得很决绝，说越是去看病，病就越多。我有些哭笑不得，但也不由感慨他果然是好心态。

此后，他便隐居在广汉写字、画画，偶尔出门写生、访友、办事。虽仍常常气喘，但总的来讲，他的精力、体力都挺充沛。他信奉自然主义的生活理念，认为清寒、简朴即高贵。他每天 5 点半就起床，把时间分成三段：清晨画画，上午读书，下午会友或出门。偶尔兴起，他便信手提笔，鸿雁传书，邀请知音二三相聚："现时广汉桃花（或荷花、菊花、梅花）盛开，请拨冗前来一叙，观鸭子河流水，访三星堆立人，看霍家庵书阁……"

我身边常有抑郁、焦虑、失眠得不可开交的中外病人，每每就带上他们同行至广汉。在鸭子河边见过黄老师，大家便坐下喝绿茶、花茶，同时大摆龙门阵：艺术、文化、人生、世界……约莫大半天工夫，晒了太阳，打了瞌睡，看过水牛蹚河、青蛙迁徙、渔夫撒网后，人们渐渐变得宁静平和，盘算起自己的来路和去路。看得出来，他们的面貌已大不相同了，可谓“初到来六神无主，归去时神清气爽”。

无论中外来宾，只要聊得投机，黄老师便会参照对方的精神气质，赠与他们一个雅号，比如“瑞羽”“琅兮”“芜飚”之类。此外，黄老师给外国朋友们起的中文名字也很别致，像悠瑞（Jure）、培德（彼得）、明珠（Pearl）等，皆大欢喜。新的名字似乎昭示着某种新的可能性，让大家以新的态度面对生活，大有鼓励人们东山再起之意。难怪古今文人雅士有那么多的名、字、号。听说鲁迅先生就有上百个笔名，这很可能有助于生发新的革命精神和写作勇气。

有教无类。一有机会，黄老师就千方百计地鼓励大家学习国画、书法。他觉得，每个人皆能画能写，只是看何时缘起。世间凡能自由创造的职业都是最好的，比如写作、绘画、书法、雕塑等。而医生对病人而言固然很好，但对自身则未必，徒有大劳而无大功。这可能是因为他不大相信医学，无论中医还是西医。

偶尔，黄老师会提起，美院的许多旧交早就不再作画，每日怨天尤人、虚度时光，因此他选择来到广汉学习、创作。他以艺术家的孤介，看淡滚滚红尘。他自己买菜，做饭，手洗衣服，自制豆豉、腐乳、豆瓣酱、三合泥、红烧肉。应邀去他那里做客的人，不仅肚子装得满满当当，往往还提着腐乳、三合泥离开。

十几年过去了，黄老师一直实践着他的“糊涂疗法”，几乎与医院、药物无缘。好在常有远近的学生对他的生活稍加照料。2007 年秋天，85 岁高龄的黄老师突然感冒、发烧、咳嗽、气喘。亲友们马上将他送到医院治疗。三周后，黄老师驾鹤西去，走得从容、潇洒。

据说病前几天，黄老师仍在画画。他最后的画作是一块石头，上面布满浅灰的苔草，一只黑色的猫咪在旁观看。住院期间，他兴致很高，与诸多前来探望的学生畅谈中国文化和艺术传承、教育和国际化等问题。他一如既往地对中华文明充满信心，且为此努力了多年，这是他最后的念想和吩咐。

时至今日，黄老师已离开了 10 年。幸之又幸，在黄老师的公子、画家黄越的鼎力主持下，重庆美术馆于 2016 年举办了黄老师的个人画展，他的年谱和书画集也相继出版。目前，黄越教授正筹备建立“黄原纪念馆”。

以黄原老师当年的身体状况——肝硬化和肺心病——很多人大约会选择一种在医院里进进出出、泡病号的活法。而黄老师却学习、创造、耕耘不止，活得勤劳而自在。生命如歌。他以重大疾病之躯选择了一种诗情画意的生活方式，确实是智慧、勇敢、可贵。

黄原老师[1]

四川 广汉

民国诗人覃子豪的家园

三星堆 古雒城 金雁湖 鸭子河

古往今来

多少严肃的文人

在春寒秋雾之中

悲歌

你有经天纬地之才

少年中国的热血与梦想

一直在

你的胸怀

1. 闵传清、胡冰霜：《黄原老师》，见《诗意书画：闵传清、胡冰霜母女诗书画集》，成都，四川大学出版社，*2015*年，*129*页。

而你

青春如皓月

总是

在时光之中

独行

心情

静若海

动若风

在亘古不变的思虑之中

千种忧患

万种感念

在你的眉间

化作层层波纹

荡漾开来

又是那永久而亲切的笑意

南方连绵的河流

如你的生命

不息

生命如画

如诗

如歌

在你永远不息的

追问之中

No.6

弟弟的先天性心脏病

可做可不做的手术尽量不做，可吃可不吃的药尽量不吃，检查可以积极些，但创伤性的检查也应该保守些。

小弟六个月时，因感冒发烧去医院看病，结果发现严重的心脏杂音，被诊断为先天性心脏病。

1965年，父母甚是繁忙，就把我与小弟送去川南小城的婆婆家生活。小弟当时1岁多，三天两头地生病，夜里常常听到他喊："婆婆，我要吃药，我要喝水……"婆婆叹口气，窸窸窣窣地点亮油灯，给小弟倒水、喂药、把尿。

夏天来了，河谷地带暑气很重。小弟经常脱得光溜溜地坐在床上纳凉，像一尊不倒翁。有一天，他周身上下突然散发出金黄色的光芒，连街坊大嫂们都探头惊呼："快来看这个金娃娃。"原来他得了肝炎。那时，肝炎病人每月会补助半斤白糖。有时候，婆婆在他面前放一个广口玻璃瓶，瓶底铺着点儿白糖。他就专心专意地用调羹摆弄那点儿白糖，一边戳、搅、舔，一边流着口水、坚持不懈，由此充分陶冶了性情。

小弟双腿发软，走路很迟，走着走着就容易累，要蹲下来歇气。后来才知道，这种"蹲踞现象"是先天性心脏病患儿的一种特有动作，蹲下去可以改变血流的压力，减轻心脏的负荷，有助于大脑血液供应。此外，小弟出汗也特别多。吃饭喝水时，汗珠会大颗大颗地从他身上冒出来。"看这个汗水哟，像抛砂一样，身子虚得很。"婆婆常常叹息着，不停地把毛巾搭在他背上。我那时已经上了小学，经常背着他出门玩耍，看鸡打架、狗抢食之类。婆婆偶尔有闲，就找出一本毛主席诗词来读给他听，他居然不知不觉地背下来几十首。

7岁时，小弟回到成都。他身穿一件长长的对襟灰布棉袍，活像个冬烘先生，透着乡土气，让人联想起张天翼的童话《大林和小林》中的包包先生。回到父母身边，他变得平安喜乐，很快就背上蓝布书包、带着小凳去上了街道办的“抗大小学”。我曾荣幸地代替父母去开过几次家长座谈会，发现小弟属于“三好学生”，各方面都很对头。可是，他仍旧经常感冒发烧，也经常用四环素、土霉素等抗菌素。不知何时，他的牙齿就渐渐变成了铅灰色的。凡是去医院看病，医生就说他有先天性心脏病，必须尽快动手术。父母每每闻之都噤若寒蝉。

上了初中后，有一次上游泳课时，小弟晕倒在泳池里，被体育老师背回家。老师临走时说，校医专门提醒，小弟以后再也不能游泳了。

小弟上高中时，我正在华西医科大学读大二。有一天，我在图书馆上晚自习时，总觉得心猿意马、如坐针毡，于是干脆收拾书包回家去看看。这才知道小弟独自在家，感冒、咳嗽好几天了，吃过西药和两副中药。那一夜，他咳嗽不止，到了下半夜突然咯出粉红和鲜红的血痰，估计有半碗。第二天一早，我陪小弟去华西医院和省人民医院详细检查，诊断结果为：室间隔缺损、左心室肥厚、肺动脉高压、肺淤血。医生建议马上手术。此时，我进入医道已有 5 个年头，深知小弟病情凶险，决心竭尽全力为他争取手术。

小弟很快住进了华西医院胸外科。等候手术的病人很多，术前的各种检查也很繁复。病人们大多乐天知命，男女老少挤在一张床上打扑克，家属们则心急如焚地张罗各种事宜。终于万事俱备，只差让母亲来签署手术同意书了。同意书共两页红纸，上面密密麻麻地写满了触目惊心的条款。医生画了个示意图给我们讲解：先从胸前正中切开胸骨、打开胸腔，再切开心包、心脏；室间隔在左右心室之间，上面有个洞，要把它缝起来，可是术前心脏造影发现洞太大，估计缝不拢，需要补上一块直径约 2.5cm 的涤纶片。

这个手术风险很大，可能发生各种意外，病人也许下不了手术台。我问医生死亡率大概是多少。医生迟疑片刻，说是 10%～20%，又强调死亡率没有意义，没遇到就是没遇到，遇到了就是 100%。母亲听得目瞪口呆，只是机械地重复两句话：“我们相信医院，我们相信医生。”医生又耐心地解说了一阵，见母亲毫无反应，就合上病历起身说：“那你们先回去，考虑好了再来吧。”我赶紧踩了母亲一脚，她这才回过神来说：“我们要签字，我们要签字。”最近，我与母亲聊起此事，她说自己签过字后就分不清东南西北了，脚下完全是飘的，路都不晓得该怎么走了。

1980 年，血源甚是紧缺，我们千方百计地托当时的温江县医院找到 1500 毫升血液，小弟才上了手术台。手术从清晨做到下午四五点，结束后小弟直接进了监护室。我穿上白大褂在监护室周围转悠，想进去看看，却找不到机会。直到第二天晚上，一位夜班护士来接班。她看起来颇为和善，我快步走上前去毛遂自荐，说自己是医学院的学生，以前还做过外科和手术室护士，想进去看看术后的弟弟。她点头答应，还说：“那你帮我看着点儿吧，这里重病人多。”

小弟昏睡着，身上插满管子，上上下下吊着各种瓶子和口袋。监护仪、吸引器不断发出声响。夜深了，我定神一看，突然发现一个静脉输液的吊瓶里，淡黄色液体上漂浮着一个黑色的东西。我赶紧请护士过来，我俩在灯下共同端详，确认那是只死苍蝇。她惊得魂飞魄散，迅速倒掉了那瓶液体。

两天后，小弟回到病房，可惜诸事不太顺利。他先是出现高热、肺部感染、浓痰淤积，接着发生心律失常、室性二联律，同时又产生过敏反应，全身上下渐次长满大大小小的红色丘疹。医生马上请皮肤科来会诊，一一排查药物，结论是他目前使用的大多数药都可能引起皮疹，建议停药或换药，然后密切观察病情变化，试用抗过敏药。

有趣的是，皮肤科医生前脚刚走，我就在白色床单上看到一个绿豆大小的黑东西在快速移动。摁住一看，原来是只圆肚细腿的臭虫。我翻开床单、棉絮查看，发现钢丝床架、弹簧、棕垫上还有很多虫子蠢蠢而动。于是，我在病房里兑了半盆石碳酸水，把毛刷蘸湿，对准臭虫一戳，再将之涮回盆中浸泡起来。臭虫大大小小，从芝麻到黄豆大，约有几百只，黑亮亮地在石碳酸水中漂浮。恰逢总护士长一行来查房，看到盆中的成果，她们颇为惊喜，充分肯定我“戳、涮、泡”手段的有效性，觉得应该推广。她们还说，几个月前彻底灭过臭虫，连床架、弹簧都抬出去用火烤过，床垫也放进高压蒸汽炉里蒸过，不晓得为何又长出来那么多。几天后，小弟的皮疹自然痊愈。

未曾预料的意外发生了。术后第三天，小弟的心脏杂音、震颤又出现了，且比术前更夸张。我去请教主管医生。他说，这种情况叫“室间隔缺损修补术后再通”，即室间隔修补好的地方重新开了口子。由于心脏的神经传导纤维要从缺损部位的侧面经过，所以此处不宜缝合得太严实，以免妨碍心脏传导。于是，涤纶片就缝得稍微松动了些，结果被血流冲开了。医生又说，好在至少修补了一部分，使缺损变小了些，但涤纶片周围的血流由此也更加湍急，所以杂音和震颤变得比术前更明显。我问他下一步该怎么办。他犹豫地回答：“先休息休息、观察观察吧，实在不行可以考虑再手术。”

小弟出院回家休养。他胸前正中长出一条小指粗细的粉红瘢痕，上达颈窝、下至剑突。从他左胸前肋骨间隙，看得见心脏汹涌澎湃地撞击着胸壁，用听诊器听得到里面波涛滚滚、日夜呼啸。涛声就此夜夜入梦：能否再手术？何时再手术？我们全家在意识和无意识之中不断掂量。

小弟术后休学一年，次年复学后参加高考，居然夺得学校的理科状元，实在出乎意料。记得那年的高考体检在市第一人民医院进行。我陪他去，再三向负责体检的医生们说明他手术后心脏情况稳定，感冒少了，体力不错，能胜任繁忙的学习任务，等等。他们说要去找总管医生，我们等到最后才拿着小弟的体检表找到总管医生，恰好他正在审阅。我马上把表递给他，正准备快速说明情况，哪知他只瞄了一眼，就拿起大印“砰”的一声盖下“体检不合格”五个红字。盖章时，他面带笑容地望着我们俩，摇头晃脑地用川剧高腔唱出一句道白：“哎呀哎呀……红颜薄命，红颜薄命呀——”大学一事就此作罢。

后来，小弟相继当工人、出体力、念自修大学、搞文职、做编辑等。他的心脏状况比预想的要好，身体基本平稳，应付常规的生活和职业都没啥问题。不过，每次复查，医生们总是建议小弟尽快再做修补术，但我们一直不敢下决心。

时间慢慢地过去了。2000 年初，我找到一位同学咨询，他是有名的胸外科专家。他说，距离初次手术已有 20 来年了，照这个趋势看，可以继续维持、观察；而且，无论在哪里手术，当年的意外都有可能再次发生。最后，他笑着说："心脏病方面，心理作用也很重要。你是搞心理的，你晓得的。"他的看法让我们颇为受用，再手术的事也就放下了。

今年是手术后的第 38 年，小弟 53 岁了，身体仍然不错。这是我们一家未曾想到的。母亲觉得，小弟眼下的身体状况并不比其他几个儿女差。让人高兴的是，如今的手术方案越来越多、越来越好：可以用胸腔镜做，不用开胸，创伤较小；也可以用微创的介入法——经血管放一根导管进入心脏封堵缺损。更令人吃惊的是，现在连机器人都可以做心脏手术了，且做得并不比人类医生差。

果真是“久等必有一禅”。我暗自庆幸，这些年没有让小弟匆匆忙忙地再做修补术。经过许多事情后，我的临床治疗观也日渐保守：可做可不做的手术尽量不做，可吃可不吃的药尽量不吃，检查或许可以积极些，但创伤性的检查也应该保守些。

目前，小弟的心脏状况仍在观望中，一切都只有依他身体的具体情况来决定。

我常常想到几个问题：

①心脏的自我修复和代偿能力究竟有多大？

②如果小弟在婴幼儿时期就做了手术会怎么样？如果他不做手术会怎么样？

③那次咯血有没有药物或其他临时性的原因？

可惜它们都是无解的，就像很多医学问题一样，个人的经验和概率只能作为参考。面对重大疾病时，每个病人都是一部天书，医生永远只能摸着石头过河，无法预见结果。治疗方案的选择亦无法从头再来、重新验证。所以，医者不得不慎之又慎。

No.7

母亲的病

人体需要平滑的过渡来应对各种变化，需要处于某种“调动态”，保持身心的活力。

2001年12月，一个寒风凛冽的早晨，我突然接到从川南小城打来的长途电话，说母亲心脏病突然发作，住进了当地中医院。我心急如焚，以最快的速度爬上长途汽车，六小时后到达医院。

室外北风呼啸，母亲独自待在一楼尽头的一个单人房间里输液、吸氧。监护仪显示她的心率为92次～146次/分，强弱、快慢不均，像“多瑙河之波”一样闪烁跳动、瞬息万变。看来她的心房纤颤复发了。我发现她右眼周围的皮肤有点儿肿胀，还有丘疹、红斑，从瞳仁深处可以读到她内心的惊骇、期盼、疑虑甚至木然。她说，早晨刚输上青霉素不久，右眼皮就开始发痒，接着又有些红肿。医生赶过来处理，马上停了青霉素，现在已经好多了。我掏出听诊器给母亲检查了一下，除了房颤外，没发现其他问题。

这一年，母亲67岁，她53岁那年第一次出现房颤，此后大约每年发作一两次，随后就会被我们送到华西医院或省人民医院，一般住上几天院就好了。天色慢慢地暗下来，监护仪上的图像越来越清晰，黄、绿、蓝的波浪争先恐后地闪烁、涌流，不舍昼夜。据说这是中医院唯一一台监护仪。

值班医生来查房，他是一位壮实的小伙子。我赶紧上前自我介绍，说自己曾是华西医院精神科的医生，也进修过心血管，多谢他费心关照。他点点头，说母亲上午出现了轻微的皮肤过敏，可能是输青霉素导致的，晚上要再观察一下。我赶紧问他："她输青霉素是为什么？"他回答得很简约："先治疗感冒，发生过敏就停用了。她主要是房颤、高心病、冠心病，这些要等明天上午查过房后再处理，反正就是抗凝、转心律、扩血管、降压、利尿、强心之类的常规治疗，你都晓得的。我们医院还要用点儿中药。”我表示感谢后，问他可不可以看看病历。小伙子有点儿犹豫道：“她才进来，我还没写什么……等你们出院时可以复印了带走。”

我只好点点头，心中有些憋气。怎么办呢？我快速地整理思绪：母亲确实有些感冒的症状，如喉咙痛、鼻塞、流涕，但体温不高，没有细菌感染迹象，其实不需要用青霉素。目前，她需要的是抗凝治疗，以免房颤引起心脏附壁形成血栓。可由于母亲心脏的状况比较复杂，若要遵循常规逻辑，那么一环扣一环，很可能会在某一环上完全失序。因此，房颤的治疗方案有诸多矛盾和困难之处：

①转心律。她一直有窦性心动过缓（此次发病前最快不超过58次/分）和房室传导阻滞，如果用药物转心律，可能会减慢窦性心律和房室传导。

②降压。虽然监护仪目前显示的血压不高

（128～142 mmHg/70～88 mmHg），但她有高心病史，所以医院会常规使用降压药。若过度降压，会导致心脑血管灌注不良。

③利尿。医生可能会用利尿药物来辅助降压，但那会使血液更加浓缩；而且心脏病的治疗规范要求限制液体入量，以免加重心脏负担，这会使血液更加粘滞和灌注不良。

④强心。针对房颤、心率太快等症状，医生可能会按心衰来使用强心剂治疗，而强心剂也会减慢心率和房室传导。

怎么办呢？恐惧的黑洞在我天灵盖上方慢慢地张开，我觉得喉咙发干发紧。入夜后很安静，母亲时睡时醒，我呆坐在板凳上死死盯住监护仪上的波浪。如果连夜找救护车送母亲回成都，山高路远，途中发生意外将无法收拾。既然在此住院，就必须遵从医生的治疗方案，不管有多少矛盾，都只能遵循常规行事，没什么观察和讨论的余地。

我的思绪像走马灯一样飞快旋转，清楚地记起两件事。八年前的某天，母亲突发房颤。我在医院联系好床位，然后匆忙赶回家去接她入院。我们一起上了出租车，但快到医院时，交通拥堵不堪，车完全走不动。母亲一看计价器跳得飞快，便不顾一切下了车，急急忙忙地走到了医院。谁知一检查，她居然已恢复到窦性心律，房颤好了。现在想来，估计是快速步行使窦性心律增加，盖过了房性心律。此外，快速步行还提高了身心活力，使心血管功能处于良好状态，从而改善了心脏的整体状况。

另一件事发生在四年前。那时家中有重要事情，母亲忙前忙后张罗了几个月，弄得焦头烂额。有一天，事情完全解决了。母亲终于放下心来，准备好好睡一觉，哪知第二天天还没亮，她的房颤就发作了。我当时很意外。回想那次发作的原因，可能是母亲由高度紧张到突然放松，身心活力骤然降低；加上半夜三更，心率本就会自然减慢，结果因窦性心律过慢而导致房颤。这就像是高速运转的火车突然刹车时失去稳定一样。

人体需要平滑的过渡来应对各种变化，需要处于某种“调动态”，保持身心的活力。我的思绪越来越清晰：如果能增强她身心的活力，使其心血管的生理功能处于良好状态，窦性心律因而能快到盖过房性心律，岂不就对了吗？得想个绝对安全的办法。在此过程中，要确保充分的血液循环，心脏负荷不能太大，也就是说，身心要温暖、放松、舒适，不能太累。好在母亲平时喜好习字、画画、打太极、做家务，也常常外出走动，身心活力还不错。

很快就过了半夜 1 点。窗外北风呼呼，吹得银杏叶闪闪发光，随之飘落下地，沙沙有声。我在病房里轻轻踱步，深呼吸，再三掂量后打定了主意。接着，我把输液的速度放快了一点儿。凌晨 3 点，液体输完了。母亲醒来，指指抽屉说：“有个鸡蛋，你吃了吧。”“你吃了吧”是她对儿女说得最多的一句话。我只好弯腰、抬肩、含胸，让那个拌有佐料的鸡蛋艰难地滑下食道。

吃完鸡蛋，我便开始做准备工作：

① 检查推车上的抢救药品和器械。

② 把天然气烤火炉开旺，再把角落的窗户推开，准备好卫生间，放些热水，让飘过来的空气湿润而温暖。

③ 泡一杯淡淡的茉莉花茶。

这时，母亲眼皮上已看不到过敏的痕迹，但瞳仁里仍有深不可测的黑暗。我深深地吸了口气，笑笑说："我打算给你按摩一下。"我跟她简明地讲了我的想法，也提到几年前那两件事，她认真地听着。最后，我微笑着说："我们的任务和治疗方针就是让你舒舒服服地提起气来，心跳快起来。只要心跳能舒舒服服地快起来，我们就大功告成了。"

母亲喝了两口热茶，用热毛巾擦了擦脸说："檀香皂的味道好好闻哦。"病房里越来越温暖，我取掉她身上的所有接头和管子，吩咐她放松、闭眼、深呼吸，再帮她把头颈和上半身调整到最舒服的位置。我反复告诉她：

“你要完全放松，越舒服越好，不舒服就马上告诉我。”

说完，我就依次按、捏、掐、敲、推、揉她的手、臂、腿、足、头、颈、肩、背、腰、臀……从远端到中央，再从中央到远端，遍及全身每个部位。我一边轻柔地按摩，一边不停地问：“妈妈，还舒服吧，还好吧？”她像小孩子一样点点头。母亲越来越听话，这也是近年来才有的情形，想当年她英姿飒爽、说一不二，沧海果然变成了桑田。

按摩了一阵后，我感觉母亲的活动量依然不大，得想办法加强她身体的活力才好。我不由想起多年前的一件事：救护车在山路上狠狠颠簸了几小时后，肠梗阻病人居然好了。[1]于是，我先用长围巾兜住她的臀部，绕了一圈，在上方打结。然后，我双手紧抓围巾，将她的臀部稳稳地提起来，做小幅度的活动：左右摇、前后晃、

1. 参见本书《肠梗阻的“颠簸疗法”》一篇。

上下抖……接着又尝试最细碎、最快速的抖法。我想方设法来活动她的臀部、腰部及其周围的神经、血管、肌肉等。

我想，只要颠簸得舒服、不累，母亲就是安全的。舒服总不会错，关键是如何让她舒服。我干脆爬上床，站在上面提起围巾抖动，这下就顺手了。钢丝床顺势发出“嘎吱嘎吱”的声响，颇有节奏，幸好床很结实。我爬上爬下地动作了好一阵，周身冒汗，衣服脱了一层又一层。母亲周身放松、表情自在、呼吸自如，且气色越来越红润，看样子很舒服。接着，我让她下床，尽量舒服地坐在凳子上，又开始从头到脚、从脚到头地给她按摩。

母亲解了个手回来后，身体越来越灵活，眼神也越来越亮。她跟我说：“干脆我自己活动活动？”我说：“对，你自己动动，那样血液循环更畅通。”母亲就起身在房间里慢慢地走动。走了一会儿，她又问道：“我打打太极拳，行吧？”看来她完全领会了我的治疗思路，执行得很到位。此时，恰好有个夜班护士进来发体温计，疑惑地问：“咦，病人起来做什么？要绝对卧床哈。”我赶紧接过体温计说："起来上个厕所，马上上床，一会儿我把体温计给你们送去，谢谢。"

母亲打了会儿太极拳，出了点儿毛毛汗，气色更加红润了。我问她："有点儿累吧，有没有不舒服？"她说："没不舒服，你再摸摸我的脉搏，看看好没好？"我一摸，还是房颤。于是，我们坐下来喝茶，茉莉花茶香气四溢。我对她说："我们再想想办法，看看怎么能让你的活动量变大，让你的心脏舒舒服服地跳快些。"她从衣兜里摸出清凉油来闻了闻，擦了擦太阳穴，说不如试试"气功十八法"。说着，她就开始做动作。我还记得，她最后一个动作是在自己的肩、臀、腿、臂等处拍打，打得噗噗作响。我听得心惊，害怕夜班护士会闻声而来，好在她很快就拍完了。

母亲坐下来休息，叹了口气道："哎呀，怎么心跳还是没有转过来？"过去 14 年，她的房颤几乎年年发作，早已经验丰富，完全察觉得到自己心跳整不整齐。我反复打量她，发现她的精神确实越来越好了。犹豫再三，我说："你干脆去洗个澡吧，循环会更好些。"她问："能不能洗呢？”我说：“没关系，我就坐在门口。你尽管放松地洗，有事叫我一声就行。”

我迅速弄好卫生间的淋浴、木凳、热水。随后，母亲就进去了。我呆坐在门口，脑袋有点儿木然，只听得里面哗哗作响的水声。突然，我听到她大喊：“哎，我心跳好像转回来了。”我脱口而出：“我早就知道了。”洗完澡，母亲喜滋滋地走出来。我一摸她脉搏，果然整整齐齐，每分钟60次左右。我说：“现在才5点多，你再睡会儿，天亮了我们就去办出院手续。”她躺下不久，我就听到了均匀的呼吸声。早晨，我牵着母亲的手去和医务人员告别：“谢谢各位，我妈妈的病已经好了。我们出院了。”

“大雪满弓刀，单于夜遁逃。”谢天谢地。此次真是摸着石头过河，甚至不是过河，而是过奈何桥、过死海，实属不得已而为之。这种疗法或许可称作自然疗法、顺势疗法或整体疗法，它需要特殊的缘起和默契，感谢母亲灵活的想法和她对我的信任。除了她，我不太可能在其他人身上实践。幸好当时母亲还算年轻，治疗方法因此也丰富些。后来，她又发作过几次，因近水楼台，去过几次医院，更多是在家中休息观察，后者更保险些，她的惊恐和消耗也少些。

母亲今年83岁。患病30多年来，她心脏的状况比较稳定，渐趋好转。由于我很介意药物的副作用，对药物的态度偏保守，所以她很少服用药物，如今已完全没有。总结一下她心脏的状况：

①房颤。母亲53岁时首次出现阵发性房颤，此后大约每年发作一两次，后来发作次数渐少，近几年都没发作过。2017年7月，她因腹泻、脱水诱发快速房颤（心率达152次/分），散步时丧失意识而跌倒，后被送至医院补液、扩血管，24小时内房颤消失，七天后出院。

②心动过缓。伴随阵发性房颤，母亲也出现了窦性心动过缓、房室传导阻滞，56岁时最严重，心率不超过48次/分。当时，我考虑过给她安起搏器。后来，她的窦性心律渐渐地自行回升：从52次/分到56次/分，前两年升至62次/分，目前达68次/分。这是我万万没想

到的，可见心脏的自我修复功能有多强大。此外，窦性心率快一些，房颤出现的概率就小一些，这可能也是她几年来没发作房颤的原因。2007 年，动态心电图显示她的平均心率为 58 次 / 分，2011 年为 62 次 / 分，2012 年为 55 次 / 分，2013 年为 65 次 / 分。

③高血压。平时，母亲的血压并不高。50 多岁时，她有一次匆匆忙忙去体检，测到血压为 170/90 mmHg，当即被诊断为高血压。2014 年，她做了 24 小时动态血压监测，结果为 84～136 mmHg /42～76 mmHg，血压不高。幸好她一直没怎么服用降压药，否则可能会引起供血不足、血栓、梗塞，尤其是在半夜三更时。

④高心病。在被诊断为高血压的同时，母亲的心电图报告显示她出现了左室高电压、心肌缺血、T 波改变等症状，结果被诊断为高心病。此后，她多次复查过胸片与心电图，至今变化不大。我分析，她心脏的变化可能与人到中年后患上功能失调性子宫出血，乃至长期贫血有关。

⑤冠心病。房颤之始，医生就考虑母亲可能患有冠心病，直到 25 年后在省人民医院做了冠状动脉造影，未发现动脉狭窄，才排除了冠心病。此前，她常常用消心痛扩血管。多年来，她血压正常，后来冠脉造影也正常，故慢慢摘掉了冠心病的帽子。

有幸且有缘，几年前母亲最后一次发作房颤时，遇到一位年轻的心内科医生。他只给出三大处方：休息、吸氧和抗凝。几天后，母亲的房颤就缓解了。对母亲的身体状况，我们达成几点共识：

①有心动过缓、房室传导阻滞症状，不便用药物转心律、强心。

②血压不高，不用降血压。

③形体消瘦，不用降血脂药。

④消化功能不佳，尽量少用影响消化的药。

治疗期间，发生了一桩趣事。那几天，母亲住在家中，一天两次去校医院吸氧，每次一小时。某日下午，我赶去看她，发现她正安静地平卧在床，专心吸氧，闭目敛神，脸色红润好看，手脚摸起来都很暖和。她也连声称赞吸氧的效果好，周身通畅得很，好像从没这么舒服过，看来应该像很多老年人一样经常吸氧。于是，我们商量马上买一台家用制氧机。哪知我一伸头才发现，护士忘记打开氧气开关了，虚有一节管子插在她鼻孔上。可见有些疗效恐怕是人自己“意会”出来的，也别低估它的作用，所谓“医者，意也”。

最幸运的是，母亲于 60 岁时走上丹青之途，主攻牡丹、荷花、梅兰竹菊等，日益精进。一直进行适度的、创造性的、令人愉悦的体力和脑力活动，这是她晚年保持身心健康的重要原因。

医学是一门实践学科，希望真实情形能为读者提供些许帮助。我竭尽全力地回溯经过，唯恐失真和不详，但恐怕除了温柔按摩能为人所用，其他办法均不敢笃定推荐，仅供大家参考和开阔思路。

No.8

牙痛与急性阑尾炎

医学是时间的科学，需要动态地观察和等待各种变化。小孩子的病情变化很快，稍不小心就可能错过某些关键的信号和时机。

儿子 3 岁那年，我在华西医院做住院总医师。有一天早上我下夜班回家，看到他在发烧，体温 39℃，手心滚烫，全身潮红，蜷着身体喊肚子痛。我轻轻一摸，发现他整个肚子都发紧发胀，还不让人碰。奶奶说他不想吃东西，也不想喝水，有好几天了。

我赶紧把他抱到医院急诊室，恰好当天值班的医生是我的同学。检查结果是：腹部肌张力高，右下腹深压痛、反跳痛，白细胞总数为 12×10^9/L，中性粒细胞为 80%。同学说像是急性阑尾炎，建议尽快做手术，切除阑尾。可白天的手术已排满，只能等到晚上做。当时是正午 12 点，烈日当空，我只好先抱着儿子回家等待。

傍晚时，儿子身上更烫了，精神也更加萎靡，水都喝不下去，迷迷糊糊地突然说了句“嘴巴痛”。我一看，他右下颌果然有些红肿，摸起来发烫。想他平时就蛀牙多，我和先生决定带他去看牙科急诊。

天已黑了，我们很快就到了牙科急诊室。屋子里来苏水气味很大，四下里钳子、镊子、钻子亮光闪闪。儿子一进门就哭闹起来，手挥脚舞，坚决不让医生碰嘴巴。我连哄带骗地让儿子坐到转椅上，勉强把嘴张开，却搞不清他究竟是哪里痛。好在年轻的牙科医生很有经验和耐心，他声东击西，先轻轻叩击周边的牙齿，再渐渐地朝向目标牙齿。当他叩到右下第四颗牙时，儿子猛然大哭起来，紧接着又试了两次，确认就是那颗牙。

医生说马上就钻孔。可要让儿子一直大张着嘴巴，实在很困难。医生建议我坐在椅子上，把儿子抱在身上固定好。我与先生软硬兼施，都快声嘶力竭了，但儿子还是哭闹着，死死地抓住先生的手不放。我只好叫先生先出去。先生出去后，儿子大声哭喊："爸爸呢？爸爸呢？"我狠狠地吼了他几句，把他镇住了，他这才把嘴巴张开。好在医生动作十分敏捷，伺机开钻，一瞬间就钻开了牙髓腔，血水跟着冒了出来。儿子很快就安静下来，开始东张西望，脖子转得很灵活。

惊魂甫定，我们一家三口坐在急诊室外的花园里歇气，个个都像刚从水缸里捞出来一样周身汗湿，夜风一吹煞是凉爽。我正在出神，儿子突然把手伸向夜空，清脆嘹亮地说："有星星。"他居然这么快就有了观星的雅兴，有些好笑。

凉风习习，儿子很快就睡着了。我提醒先生该去儿外科了，他有些犹豫，舍不得儿子做手术。可夜里蚊子太多，我们还是起身去了儿外科。期间，儿子睡得很沉，直到我的同学来检查都没醒。同学伸手摸他的肚子，平平软软的，按上去也没啥反应。一测体温，37.3℃。

同学对我说："他不是阑尾炎。"那是什么呢？我把方才钻牙的事情告诉了他。原来是急性牙髓炎引起全身感染中毒，儿子才出现发烧、腹痛、腹部肌张力高等症状。当牙齿钻开后，症状立即就缓解了。

于是，我们高高兴兴地回家，同学轻轻松松地睡觉。事后想来，幸好我们先去了牙科，幸好阑尾手术要排队等候。如果当时速战速决地做了手术，岂不是太冤枉了？看来医学是时间的科学，需要动态地观察和等待各种变化。30 多年后，我又遇到那位同学。他多年救死扶伤，却表现得举重若轻。承蒙他还记得此事，微笑着对我说："那次是有点儿戏剧性。"

小孩子的病情变化很快，一会儿是蓝天白云，一会儿是狂风暴雨，稍不小心就可能错过某些关键的信号和时机。做儿科医生别有一番难度，因为小孩子不会表达，也常常不愿合作。我想起看过的一本书《万物有灵且美》，作者是一位苏格兰兽医，他在诊治动物方面有很多独特经验：由于动物不通人类语言，他变得观察精确、直觉敏锐；由于动物不能完全配合，他变得动作神速、手法精湛。这与儿科医生的工作有异曲同工之妙。

No.9

中暑与急性胰腺炎

看来是紧张、暴热、中暑引起了发烧、腹痛、腹部肌张力高，这种情况或许可以称为急性胃肠炎。

有一年八月，天气闷热，我和儿子开车去乡间办事。他当时 20 多岁，已长成一条汉子的模样。正午时分，我们在小饭馆里点了牛肉面吃，我二两，他三两。面端出来时，才发现分量过足，不愧是乡土风格。我竭尽全力地吃，可还是剩了些。儿子迅速吃完后就开车上了路。外面热浪滚滚，车子仪表盘显示室外温度达 39℃。

晚饭时，儿子突然说肚子痛，痛得蜷缩腰背，坐也不是躺也不是。我摸了摸，他整个腹部都发紧发胀，体温为 38.6℃。眼看他肚子越痛越凶，呻吟起来，我们立刻赶到了华西医院急诊室。检查结果是：腹部肌张力高，左中上腹深压痛，白细胞总数为 9×10^9/L，中性粒细胞为80%。医生说："像是急性胰腺炎，赶紧查血清淀粉酶，做腹部CT，准备入院做急诊手术。从现在起禁食禁饮，不要吃东西，不要喝水。"

抽完血，我们等着淀粉酶的检查结果。夜里的急诊病人很多，在CT室门口等候的人排成了长龙。儿子脸色发白，流着冷汗说："越来越痛了，怎么办呢？赶快上手术台吧。"我张皇无措，只好给他掐一掐足三里、合谷、内关几个穴位。看他辗转不安、痛得厉害，我又去找急诊医生，询问是否可以先入院再检查。医生说必须要等检查结果出来，确诊后才能入院，如果实在疼痛难忍，就先打一针缓解疼痛。他还告诉我："你也可以直接去化验室催催淀粉酶的结果，CT检查也请他们尽快安排，说他是急性胰腺炎，情况紧急。"

我赶快排队缴费，然后扶儿子去打针。哪知刚走进注射室，他脖子一伸就呕吐起来，向着正前方喷出来大大两摊东西，看样子全是中午吃下去的面条。我只好先把他扶回候诊的椅子上，然后赶紧去找扫把和撮箕，急急忙忙地打扫注射室。

儿子坐下来后，渐渐觉得肚子没那么痛了，腰也能挺直了，连呼吸都顺畅多了。我干脆让他多坐会儿，喘口气，定定神。十几分钟后，他更自在了，开始靠在椅背上东张西望，还问我："那我还打不打针了？"我说："那就等等看。"更好笑的是，过了一阵，他竟然问我："CT 检查费还能退掉吗？我肚子都不痛了。"我一看，他肚子平平软软的，按上去完全没异常，体温也下来了，显然不是胰腺炎。呕吐后，一切症状都荡然无存。我本想去找急诊医生说明情况，可看到他身边里三层外三层地围着病人，索性不去凑热闹了。

回到家时，天已黑尽。洗过澡后，儿子变得神清气爽，恢复了元气。看来他是面条吃得太多太急，吃完又马上开车，几十公里路下来，紧张、暴热、中暑引起发烧、腹痛、腹部肌张力高。这种情况或许可以称为急性胃肠炎。第二天上午，我去医院退掉了 CT 费用，顺便拿了血清淀粉酶的化验结果，果然是正常的。

从此，我更了解儿子是一个消化道很敏感的人。

No.10

便秘的对策

体力活动能使人放松，像扩胸、散步、爬楼、体操等。紧张时人更需要清静独处，哪怕只是一小会儿，能独自喘几口气也好。

某年七月的一天，我接到一位加拿大小伙子从陕西打来的长途。他嗫嗫嚅嚅道，自从飞机落地中国，他就再也没大解过，算来已有12天了，期间他反复试过，就是不行。他健康、活泼、阳光，不远万里来到中国，第一任务是强化学习汉语。

我先了解了一番详情，然后问他觉得是什么原因。他稍加思考，便很有逻辑地摆出几点：

①精神太紧张。白天没有放松的时候，上课要坐上

七八个小时，课间休息只有十分钟，肚子一直发紧，既感觉不到便意，也想不到解便一事。晚上也很难放松。因为住在中国房东家中，为了礼貌，他每天都要与房东三代人好好寒暄，甚至还要练习用中国话来寒暄。

②吃饭不适应。到陕西后，他主要吃大米、面条、猪肉、炒菜、泡馍等东西，视觉、嗅觉、味觉上，都跟从前吃的完全不同。他没啥胃口，肚子里混混沌沌，吃完后搞不清楚是饱是饿。

③时差问题。到中国后，他白天无精打采，晚上却兴奋得睡不着觉，脑袋里浑浑噩噩，周身上下都疲乏不已，走路时觉得脚下不平，像踩着棉花一样。

他说在加拿大时，自己也有过好几天不解大便的情况，但只要休息、放松、活动一番就解决了，从没像这次这么久，也没用过任何通便药物。他不想用药，希望用自然的办法来解决，所以询问我中国人便秘时会怎么办。我问他为什么不早些问我，他说想自行解决，结果拖到第 12 天，创了纪录。我们在电话里谈了很久。小伙子很有耐心，问得面面俱到。我绞尽脑汁，尽可能给出准确、稳妥的解答和建议。我们一点一滴地讨论，逐渐达成共识，决定从三方面着手：饮食、活动和放松。

首先是饮食方面。多饮水，白开水、柠檬水、广柑汁都行。咖啡能提高肠道兴奋度，刺激肠蠕动，适当喝点儿也不错，尤其是对他这样惯喝咖啡的人。水和油都能润肠，可以多喝菜汤、油汤、肉汤等，炒菜、炒肉也都可以吃。多吃水果，如柚子、西瓜、桃子、橙子、葡萄等，大部分水果都对便秘有效。多吃蔬菜，如黄瓜、冬瓜、番茄等，多数蔬菜都能缓解便秘。

正餐的味道不妨重些，放点儿醋、糖、盐、酱油等，因为调料有刺激胃液、肠液分泌，促进胃肠蠕动的作用。具体来说，中国的凉拌菜就像国外的蔬菜沙拉一样，里面既有酸、咸、辣、甜等调料，也不缺油和纤维，可以吃吃看。主食里的纤维也有助于肠蠕动，像糙米、粗粮、玉米等都是高纤维食物。

国人便秘时喜食蜂蜜、香蕉、红薯、绿豆汤、酸奶等，我建议他也试试看。如果便秘实在顽固，不妨直接吃点儿食用油。经典的医学导泻方法就是吃油，蓖麻油、液体石蜡油等都很有效，食用油的效果会更温柔。

谈着谈着，小伙子心里渐渐有了底。他逐条记下来，说没想到有那么多食疗办法。他说，中国房东一家老小都习惯低盐饮食，担心盐吃多了会得高血压。我说，夏日炎炎，他又那么忙碌，每天都会丢失大量水分和盐分，必须补充足够的水和盐才能促进胃肠道的血液循环，否则胃肠道的分泌和蠕动就会减弱。小伙子问："肠子就不动了、停住了是吗？"他很聪明，完全理解了自身的状况。

接下来，我们聊到怎么活动和放松。

多活动腰腹部，比如旋转、侧弯、俯仰，适度做各种方向和形式的活动。再就是按摩腹部：躺在床上放松全身，手掌贴腹，按顺时针方向轻轻地依次按摩升结肠、横结肠、降结肠，随后可按逆时针方向再做一遍。

多走路。人在行走时腹部会自然地起伏颠簸，那是对腹部最好的按摩。中医说：“久坐伤肉。”人都需要活动、运动、劳动（三动）。便秘是久坐之人的职业病，如驾驶员、文秘、写作者等。很多女性在妊娠后期由于站立和走动不便，常常或坐或卧，加上子宫的压迫和推挤，胃肠的分泌和蠕动功能明显下降，很容易发生便秘。但往往只要出门走一段路，她们就会赶紧找厕所大解，这便是“行走按摩”的妙处。总之，体力活动可以使人放松，像深呼吸、扩胸、散步、爬楼、体操等，随时随地都能做。

此外，我提醒他，紧张时人更需要清静独处，哪怕只是一小会儿，能独自喘几口气也好。深入阅读也能让人入静，脱离持续的紧张态。当然，每个人都有自己独特的放松方式，有人喜欢喝茶、吃零食，有人喜欢听听音乐。看他喜欢怎么做。说着说着，我也开了窍，跟他说：“你干脆找个西餐店吃点儿地道的西餐吧。”吃自己最喜欢、最习惯的东西，可以让胃肠感觉舒服自在。而且，奶酪、沙拉等还能补充益生菌，有助于肠道微生物的平衡。

不过，若上述办法都无效，可以去药店买一支开塞露（由起润滑作用的甘油和负责刺激的山梨醇组成），把它挤进直肠里，憋几分钟后就会有明显的便意。还有就是充分发挥想象力，努力自我暗示。方便时，可以想象自己已经解出来了，解了很多，最好连色泽、形状都想到，连续地、生动地想下去……此时，若能张大嘴打几个哈欠，放松身体就更好了，这样肚子也就跟着放松了。

他认真提问，再三确认。挂电话前，他连声说："好好，太有道理了，太有意思了，我立刻就去试试。谢谢你。"

结果，泥牛入海无消息。我只好守株待兔，心里盘算着时间：13天、14天、15天……到了第16天，他拨通我的电话，声音里透着喜悦："啊，医生，我早就解决了。那天和你通完电话后，我马上就找到一家西餐店，吃了蔬菜水果沙拉、三明治、双份罗宋汤，晚饭又吃了牛排、芝士蛋糕、双份奶油汤。晚上，我带着一大瓶矿泉水到校园里去散步。趁着夜深人静，我安安静静地走了几小时，周身上下慢慢都放松了，好像脚踩到了地面，后来就觉得便意越来越紧迫，回家后稍加想象就解决了。”他连连道谢，说自己这回成了便秘问题专家，甚至开始向房东和同学传授宝贵经验了。

看来，自然主义疗法属上上之策，有利无害。当然，对严重和长期的便秘，还有其他疗法。有的中医喜用麻仁丸，其成分是蜂蜜、火麻仁、苦杏仁、大黄等。对特别顽固的便秘，有的医生会开出刺激性泻药，比如用番泻叶熬水喝，其药效生猛，建议少量试用。

滴水见沧海。除了高龄人群外，大部分便秘都与患者的心理状态有关。有些长期、重度的便秘患者常伴有明显的焦虑、抑郁症状。他们需要心理调节，再辅以体力活动来放松身体，身心和谐才是根本解决之道。

No.11

烫伤与烧伤

比起烤电这种烘干疗法，对严重的烧伤、开放的创面，或许冷敷的疗效会更好。

1979 年盛夏的一天，表姐说要教我们几个姐妹用高压锅煮稀饭。那时，高压锅是新玩意儿，很多人都不敢用。大家围在灶台边，表姐边示范边解说："排气孔一冒气，就说明稀饭已经煮沸了，就要盖上限压阀，再煮 15 分钟。"15 分钟后，表姐把火关了，只见限压阀还"嗤嗤"地冒着气。她叮嘱我们："看看，里面压力还大得很，一定要等限压阀完全没动静了才能提起来，排气孔不再冒气了才能揭开锅。"

等了几分钟，表姐说："如果要想快点儿，也可以降降温。”说完便把高压锅放进水槽里，打开自来水轻轻地冲锅盖，锅盖表面马上腾起水蒸气。冲了几分钟，她先轻轻地提起限压阀，让大家看清排气孔确实不再冒气了，接着说：“估计差不多了，现在可以揭开锅盖了，准备饭碗吧。”她双手握住锅柄，开始转动锅盖，但却转不动。“怎么感觉有点儿紧呢？”她自言自语道，然后狠狠地一扳。只听“嘭”的一声巨响，稀饭全部喷了出来，一大片热腾腾、白花花的稀饭沿着表姐的腹部往下涌。她尖叫了一声，浑身颤抖着弯下了腰。

我高声喊：“快脱裤子！快脱裤子！”见她动作迟缓，我一把将她拽进卫生间，提起冷水管对准她的肚子就开始冲，边冲边帮她脱裤子。好在大院里有一口深井，自来水都是从井里抽上来的，大夏天里也冰冷刺骨。几分钟后，她渐渐稳住了神，不再大喊大叫。此时，她的肚皮、大腿上起了大片大片不规则的红斑，略有凸起。

姐妹们乱作一团。有人跑进跑出设法找车，准备送她去医院；有人找来牙膏、清凉油给她涂抹。蜂蜜、蛋清、猪油、香油、酱油、肥皂水等相继被拿来，还有人切了几片雪梨贴在她肚子上。可这些东西都不管用，冲水只要稍停，她就痛得大叫。我只好继续给她冲水，直到天黑。她的疼痛减轻了些，但还是不能停止冲凉水。于是，我把竹凉椅搬进卫生间，让表姐躺在上面，又找了块浴巾搭在她的肚子和大腿上，让冷水慢慢地淌过浴巾，以便持续冷敷。有一阵，表姐居然歪着头睡着了，众人才算松了一口气。入夜后，我把水开得越来越小，最后变成滴滴答答地滴上去。到下半夜，我把水管关了，只将湿浴巾盖在她身上，继续发挥冷敷的作用。

天亮时，表姐起身，说不痛了。除了肚子、大腿周边的皮肤有点儿泛红外，她身上几乎没留下什么痕迹。大家休息到下午，一个妹妹提议一起去春熙路耍一下。于是，表姐换上一条宽松的连衣裙，飘飘逸逸地出门了，看样子完全忘记了昨夜的惊悚。

回想事故的原因，估计是稀饭沸腾时，饭粒阻塞了限压阀。若当时能耐心等到锅冷却下来后再揭开锅盖，也许就没事了。此后，我家几个姐妹就拒绝使用高压锅，只有我沿用至今，且有惊无险。

1988年的国庆节，我用铝制高压锅炖肉汤，中途听到“砰”的一声巨响。原来锅盖直接飞出窗户，从三楼空降到楼下的小院里，摔成了椭圆形；锅体翻倒在厨房的水泥地上，海带蹄花热浪滚滚地流了一地。好在没伤到人，实属万幸。事后，我认真反省了原因：一是锅里东西装得太多，水位太高，尤其是海带膨胀得太凶，以致阻塞了限压阀；二是橡皮垫圈太旧，且蹄花油太多，使橡皮圈打滑，影响了密闭效果，结果锅盖在高压下自动打开了。用高压锅煮饭时，低水位地蒸煮少量固体要安全些；若是液态高水位，人就要格外警觉。

初战告捷后，“冷水疗法”就不断发扬光大。

2000年暑假的一天，我们一行人坐车穿梭在阿坝的深山老林里。林间小路蜿蜒，正午的太阳把头顶烤得火辣辣的。面包车行至半山腰，司机停下车来给水箱加水，哪知一揭开水箱盖，沸水就像子弹一样冲出来，刚好冲到他前额上。司机一时剧痛难耐，抱住头便高声吼叫。我下车一看，他头顶、前额一带都发红了。怎么办呢？我们此时在山道上，前不着村后不着店，离乡政府还有几十里。

我急得四下打量，突然发现下方几百米处有条蜿蜒小溪，透过密林看得见淙淙流水的反光。我赶紧让几个男生去舀点儿溪水上来，然后把水从他头顶上缓缓地往下淋。没想到溪水居然冰冷刺骨，很快就缓解了他的疼痛，估计是从雪山上流过来的。同学们见状，纷纷拿出饭碗、杯子，在小溪和山道之间自动排成一条长龙，源源不断地把溪水传递上来。淋了一个多小时，司机终于感觉没那么痛了，就开车上路。开了十几分钟，他又觉得疼痛难忍，只好停下来继续舀水和淋水。好在小溪如影随形，痛了就停车，好了就上车。这样几番走走停停，天黑才到驻地，但司机的头完全好了。第二天一早，他独自去了某个高山湖泊，钓了很多鱼回来犒劳大家。

大家由此了解到冷水神奇的镇痛效果。后来我想，幸好司机的眼睛没有烫伤，否则也能如法炮制吗？那里离最近的医院也有上百公里，又没有其他人会开车……思来想去，恐怕还是得因地制宜，摸着石头过河，尽量托雪山的洪福。比如可以先闭上眼睛淋水，再盖上湿毛巾冷敷，同时积极争取其他救援机会。

2002 年一个夏日傍晚，我正在游泳池里游泳，突然听见周围人声鼎沸。我起身来到更衣室，发现有个女孩正掩住胸口号啕大哭：“啊啊啊……我要告……要赔起……”原来她洗澡时，水龙头开关出了问题，热水冲出来烫伤了她的前胸。

我赶紧上前去告诉她马上用冷水冲。她却掩住胸口不动，只管哭个不停，非要等管游泳池的人来说清楚。我只好说：“我是医生，再不冲冷水皮肤就要起泡了，要不我先帮你冲一下试试？”说着我顺手抓起地上的水管，对准她的胸口就开始冲。她前胸的皮肤最初一片粉红，边缘微凸，约有两个巴掌大小。冲了半小时后，那片粉色越来越浅，边缘越来越平，她也不再叫痛了。她穿上衣服准备回家，哪知还没走出门就又觉得痛，只好返回继续冲水。

天慢慢黑了，游泳池要关门了。我灵机一动，请边上一位女孩去买几只雪糕，用塑料袋包好，再裹上湿毛巾，直接捂在她胸口上。这下她才高高兴兴地穿好衣服回家了。她说家里有电冰箱，回去可以继续冷敷。

看来比起冲冷水，冰敷显然更方便有效。如果有电冰箱，完全可以因地制宜地处理一些小的、轻的烫伤。

一个冬天的晚上，我准备做红烧肉。熬菜油时火太大，油燃起来，火苗蹿出了铁锅边缘。我慌慌张张地握住了滚烫的不锈钢锅铲，虎口和手掌一下就被烫伤，手上的老茧顿时变成黄色，像烤面包一样发亮、发硬。我立即把手泡进冰凉的自来水里，可无法镇痛。于是，我赶快从冰箱里取出一个冰冻馒头，裹上一层湿淋淋的洗碗布，把它握在手里。几分钟后，疼痛减轻了，只剩下热辣辣的感觉。

等馒头慢慢解了冻，我的手又痛起来，只好再找一个冰冻馒头。前半夜，冰箱冷冻室里的馒头、包子、豆腐、肉馅先后被我捏得解了冻，然后再放回去。到了后半夜，我捏着冻馒头睡着了，手伸出床外，下面接着一个盆子，任手中的冻馒头滴着水。第二天早晨醒来，手居然完全好了。我骑着自行车去上班，只觉得虎口周围的皮肤有点儿增厚和发硬，别无他碍。

冰敷以刚好能镇痛且感觉舒服为准，不能太冷，否则皮肤会被冻伤。一般来说，只要能镇痛，皮肤就不会出现相应的炎性反应，如红肿、起泡等症状，否则就得尽快去医院处理。若时间拖得太久，烫伤创面也许就要经历一系列烦琐的治疗，如清创、抽水泡、油纱包扎、反复换药等，然后慢慢等新皮长起来。如果烫伤稍深，处理又不及时，还会形成瘢痕。

上述例子都属于小面积的轻度烫伤，真正严重的情况是大面积烧伤。

1975 年，我在省建工医院外科工作。一个三伏天，从建筑工地送来几位大面积火焰烧伤的患者。他们周身皮肤干焦僵硬、红黑斑驳，连头发、眉毛都燎成了焦黄色，唯有眼珠通红、发光，昭示着生命的迹象。当时，医生采取“烤电疗法”为他们治疗。由于烧伤创面会迅速起泡、破溃、渗出，所以为了创面干燥，避免发生感染，医院制作了巨大的玻璃箱，里面吊着几个100瓦的白炽灯泡，利用灯泡的光和热烤干创面。患者一人睡一个玻璃箱，罩上蚊帐，昼夜躺在里面接受烘烤，疼得撕心裂肺，需要强力镇痛，需要抗感染、抗休克、抗肾功能衰竭，还需要补充水、血液、电解质、营养等。

经过几周的烘烤，几位患者挨过了重重鬼门关，瘦得几乎只剩下骨架。他们皮肤上瘢痕累累，肢体痉挛变形，面目很是恐怖，唯见眼珠子干涩地转动，略有光亮。还好他们活着。能度过这些日日夜夜是多么不易，能活下来是多么偶然的事情。医院集结了各科最强大的治疗阵容，医务人员夜以继日、废寝忘食地守在几个烤箱旁边，几周下来，他们也变得形销骨立。

在反复观察和考虑冷敷对烫伤的神奇疗效后，我越来越觉得，对严重的烧伤、开放的创面，比起烤电这种烘干疗法，或许泡在水中治疗会更好。关键问题是水：

①水中的电解质要和人体的体液平衡，钠、钾、氯、钙等要浓度适当。渗透压也要适当，不能将皮肤泡得脱

水或肿胀。水的成分可以参考海水、羊水、透析液、鸡蛋清、血清等。

②水温可灵活调节，以冷到患者刚好不觉疼痛为度。理想的状况是，能分别按不同程度的烧伤来调节水温，比如用某种软性材料来分隔水域，而无需低温浸泡的正常皮肤可以覆盖某种生物材料来隔绝低温。

③需要抗菌处理，不能让病原微生物在水里滋生。

④水中若能加点儿类似鸡蛋清的物质更好，因为粘液可以保护新长出来的肉芽。几十年前，我在外科曾见到过护士用消毒牛奶、牛肉汤来换药，认为其有助于伤口生肌。如今的营养敷料内含脂质体、氨基酸、糖等各种成分，与鸡蛋清类似。

多年来，我一直思考着烫伤与烧伤的水疗问题，总觉得以今天科学的发达程度，研发出水疗的溶液和设备，在技术和成本上都是可行的。如今，中国知网（CNKI）上已有数十篇相关论文，介绍烧伤的水浴治疗、冲浪式浸浴以及抗感染问题。我还在网上看到台湾高雄的医院用浸泡和淋浴式水疗来治疗严重烧伤的视频。这是烧伤病人的福音所在。看来吾道不孤，深感欣慰。

No.12

王曾礼医生的锦囊妙计

像鹦鹉一样日复一日讲同样的话，医生很有可能被磨损得心气不佳。若能像王老师那样把病情分析、治疗意见等提炼到一张张纸上，对病人和医生来说都是好事。

王曾礼老师是华西医院呼吸科的前辈，才高八斗，精通英、俄、法、德、日等多国语言，大名鼎鼎。千禧年后，我开始在某国际志愿者机构任全科医生，偶然得知王老师曾是我的第一位前任，倍感荣幸。

2012 年春天，我终于有机会目睹王老师是如何坐诊的。华西呼吸科名家门诊一号难求，许多病人远道而来，诊室门外挤得水泄不通，还未走近便觉呼吸有些不畅。王老师神采飞扬，身子微微后仰，频频点头微笑，谈话言简意明，每句话都中气十足、掷地有声。诊断桌的一角放着一个水杯、一个黑色大提包以及一堆大大小小的印章。

第一位病人患有肺炎、肺不张，是个处在康复期的小伙子。王老师读过他的胸片，又用听诊器听了听他的肺部，接着拍了拍他的肩膀道："放心，你已经好了，抗菌素可以不用了。"说完从桌角的黑皮包里掏出一张小纸条递给小伙子："回去后要按这个做，训练肺功能。"小纸条是复印件，上面简短地罗列出肺不张的病因、病程，以及治疗建议，如戴口罩、深呼吸、吹口哨、散步、上下楼梯等。"吹口哨？"小伙子面露疑惑。王老师仰头笑说："是的，吹口哨，就像我这样吹。"他顺势噘起双唇吹起俄罗斯歌曲《山楂树》，旋律优美、胸音浑厚。小伙子震惊之余也笑开了花："我懂了，谢谢王教授，谢谢！"

第二位患者是个中年男士，由于最近几天清晨痰里连续出现血丝，他十分惊惶。王老师立即开了血常规和胸部 x 光检查单，然后问病人："你平时抽烟吧？"病人说："要抽，每天一包的样子，10 多年了。"王老师从黑皮包里掏出一张大大的彩照，照片的四个角都皱得卷了起来。这是一张真实的心肺解剖图谱，左右肺叶上堆满一个个灰黑色烟头儿，冒着滚滚浓烟，中间的心脏和周边的胸廓是肉色，望之令人窒息。王老师严肃起来："看嘛，天天抽烟，你的肺就是这个样子，完全是黑的，装满了烟锅巴。"男士看得脸色发青，连连点头："我是要戒烟……正在戒……"王老师又从黑皮包里掏出一张小纸条递给他说："从今天开始就按照这个步骤来戒。"纸条上详细写明了吸烟的危害、戒烟的反应和对策，还附上了那张缩小的烟锅巴照片。男士千恩万谢地走了。算起来，王老师没说几句话，一切尽在小纸条中。

第三位是个70来岁的大爷、肺癌患者，切除了右肺。王老师读过胸片后说："你已经完全好了，想干啥就干啥吧。我们医院有个教授比你还大，也做了你这个手术，现在正常地上讲台教书、上手术台做手术。你看我也快80了，还不是一样上门诊？"大爷眉开眼笑，露出了几颗缺牙巴："哎呀，看不出来，我还以为您只有五六十岁哦。"最后，王老师摸出几个小印章，蘸上朱红色印泥朝大爷的病历本上盖下去：调整心态，注意营养，锻炼身体。大爷高高兴兴地收起病历，神采飞扬地出去了，比进来时精神了许多。

病人一个接着一个。有一个女大学生自述咳嗽、胸闷好几天了，10 年前曾患过哮喘、过敏性鼻炎、荨麻疹。王老师用听诊器听了听说："还有点儿哮鸣音，先吃点儿药吧。"把处方签递给她的同时，王老师也拿出一张纸条请她回去仔细看，上面写着过敏体质的问题，哮喘的病因、治疗、注意事项等。女学生心领神会，把纸条小心地放进书包里。

中途，一个蓬头垢面、气喘吁吁的中年男人挤了进来。原来他父亲是肺癌晚期合并骨转移、脑转移，在家中剧痛号叫、日渐衰竭，想来住院。"去华西第四医院宁养院吧，那里止痛、输血都很方便。"看男人有些茫然，王老师又说，"那里就是临终病房，有些药物可以敞开用，赶快去吧，估计还有床位。"说着，他迅速在处方笺上画了示意图，标明地址。男人致谢后立刻闪出门去。

随后又来了肺气肿、肺心病、肺转移癌、肺结核、矽肺、肺纤维化、卡氏肺囊虫肺炎等各色患者。王老师源源不断地从黑皮包里掏出小纸条和印章，它们几乎覆盖了他对每个肺病病种的解释和治疗建议。由于内容丰富、建议中肯，病家都如获至宝，自然晓得拿回家去好好学习。王老师由此节省下来一点儿时间，可以和病人说几句轻松话，开几句玩笑。前后很多人挤进来加号，王老师春风满面，来者不拒。我多次听到他说一句话："你下次看病就不要挂号了，直接进来就是。"也有些普通感冒患者来看病的，王老师很干脆地说："你根本不需要吃药，我自己感冒了也是多休息、多喝水，吃碗酸辣粉就好了。

学问深厚、医术精湛，加上锦囊妙计的强力辅佐，王老师看起病来行云流水、如意自在。12点多，诊室终于空了。王老师把印章装进布袋，夹起黑提包，挺胸收腹地出了门。这半天他一共看了50多位病人，可谓普度众生、功德圆满。

见识了王老师坐诊的别样风采，我感慨万千。若30年前就有幸目睹，医生这职业我可能会干得轻松些。犹记得当日在精神科门诊坐诊时，因为半天要看20个号，我总是万分紧张，经常忙得连喝水、如厕都顾不上。我统共和病人、家属也说不上几句话，有些话虽然说了，但他们能听懂和记住多少，实在让人怀疑。况且像鹦鹉一样日复一日讲同样的话，人很有可能被磨损得心气不佳、忘却初衷。若能像王老师那样把病情分析、治疗意见等提炼到一张张纸上，对病人和医生来说都是好事。此后，只要有机缘，我便喜欢去观摩同道坐诊、查房、抢救、读片、手术，希望能追踪医学一日千里的变化，看看各科同道八仙过海的绝招。

王老师说过，医生让病人反复做CT、照X光是一种犯罪行为，因为这种检查本身对身体有伤害。而动不动就让病人用抗生素是医生的悲哀。

关于感冒，王老师有几条建议：

①一般的呼吸道疾病不需要复杂的检查。

②不需要用抗生素或很贵的药，最经济实惠的对症

药是抗病毒冲剂。

③多活动以增加抵抗力，注意保暖。

关于输液，只有以下三种情况才是必须的：

①腹泻、呕吐非常严重导致无法饮水，出现脱水症状。

②身体休克，器官功能严重衰竭，需要抢救。

③病人需要用的药必须从静脉进入身体才有效。

王老师早年贵为苏州府上的才子，文艺细胞丰富，与音乐的缘分尤其深厚，当医学生时曾是上海第二医学院（今上海交通大学医学院）乐团的小提琴手。闲暇时，他喜欢自刻印章，如“不要轻易输液”“慎用抗生素”“80 岁以上老人无需挂号就诊”等，甚至还会刻上自己的电话号码。他说：“医生没必要担心受到病人打扰，我把电话留给过很多病人，却很少接到电话。”

王老师著有大量学术论文，曾出版《临床常见诊治错误分析》一书。他还以“阿曾子”的笔名在网上撰写文章，坦诚讲述自己误诊的案例，希望后来者以此为鉴，读来让人震撼，足见一个医者的赤子之心。此外，王老师倾心育人，桃李满天下，培养了一批批优秀的医生、学者。

2014 年春天，王老师溘然仙逝，让人痛感天地无情。所幸王老师的音容笑貌仍在，医学思想仍在，锦囊妙计仍在，于有情华西、芸芸众生均为至福。

No.13

洛夏医生在蒙古

洛夏医生头发花白，精神矍铄，像那些绝世好医生一样，完全失去了发脾气的功能，除了微笑、点头外难有其他表情。任何时候打电话过去他都在，哪怕半夜三更，似乎他从未睡过觉。

2003 年初秋，我赶赴乌兰巴托的医疗站上任，目之所及是一片荒凉的灰色。前任医生马上就要启程去马达加斯加，脸上似已洋溢着那一片热土的阳光和激情。

她匆匆忙忙地和我交接，一口气交代了药品、器械、设备、病历、出诊、急诊、转诊、预防和免疫等问题，又拿出一张地图，用红笔、蓝笔标出了乌兰巴托的医疗机构、餐馆、商店、集市、邮局等。随后，她递给我一件淡紫色的羽绒衣。“马上要下雪了，这里的冬天长得很，气温常达零下 30℃。我早就受够了，幸好就要拜拜了。你好自为之。你喜欢巴尔蒙特的诗吗？‘为了看看阳光，我来到世上。’”她笑得露出16颗牙齿，眼睛亮闪闪的，最后递给我一张纸条，“如果遇到危重病人，可以去请洛夏医生帮忙，这是他的电话和地址。”

洛夏医生是北美基督教教会派来的外科医生，就职于蒙古国第一中心医院，后者是蒙古国的首席医院。他头发花白，精神矍铄，像那些绝世好医生一样，完全失去了发脾气的功能，除了微笑、点头外难有其他表情。由于此地医生奇缺，洛夏医生24小时都值着班，任何时候电话打过去他都在，哪怕半夜三更，似乎他从未睡过觉。

10月1日，乌兰巴托开始下雪，灰色的道路上渐渐覆盖了一层滑溜溜的黑冰。冬天的夜晚安静极了，常听得见骆驼、马帮的动静。明月当空，如果在医院围墙外看到一条瘦长的身影在黑冰上连滚带爬地跑向医院急诊室，那很可能就是洛夏医生。救命如救火，他处理着各种各样的危难急症：颅骨骨折、颈椎骨折、血管外伤、肝脾破裂大出血……由于行事稳健、医术精湛，他深得医院上下敬重。

洛夏医生随身带了一套腹腔镜设备送给医院。为了教大家使用，他在这里示范过几百例腹腔镜手术。一天，我专程去看他们做手术。医院的设备十分落后，让人联想起 20 世纪 70 年代我国一些县级医院的光景。

当天要做几台胆囊切除术，主刀者是外科当家医生巴图——一个蒙古壮汉，洛夏医生做第一助手，二人配合得丝丝入扣。他们先把 3 升二氧化碳灌进患者腹腔，让其肚子鼓起来，从而亮出胆囊所在；再在其腹壁上切开三个约 1.5cm 的口子，把摄像头和各种手术器械放进去。接着，显示屏上清清楚楚地显示出肝脏、胆囊、血管的解剖结构。巴图医生开始剥离胆囊管、胆囊动脉；随后剥离部位渗血，用吸引器吸血，用电凝止血；再剥离，再渗血，再吸血，再止血……反反复复、进展缓慢。

一时间，被烫焦的组织产生的刺鼻烟雾弥漫了手术室，显示屏有些看不清了。巴图的前额冒出一层层细汗，巡回护士频繁地用纱布替他擦拭。麻醉师也有些坐立不安，不停地探头打望。而洛夏医生仍旧不动声色地配合着，直到巴图说："老师，还是你来吧。"洛夏医生这才接过手来，轻轻地移动摄像头，开始剥离胆囊动脉、胆囊管。他的动作轻柔而精确，很快便完成了剥离，再用金属夹夹闭，切断……一个动作接着一个，环环相扣，似乎一眨眼工夫就切下了胆囊。

显示屏上看得见胆囊颈被钳子夹着，胆囊吊在钳子末端晃晃悠悠，像一只深绿色的茄子，其表面凹凸不平，隐约透出结石的形状。我暗自思量：腹壁的开口只有蚕豆大小，怎么将胆囊扯出腹壁呢？如果不小心让胆囊漏开，结石散落进腹腔里，后果将不堪设想。洛夏医生却始终从容不迫。他先试着往外提了提钳子，没有用。于是，他招呼麻醉师解开病人双臂的约束，指挥大家将其抱稳，再将其身体轻轻地翻向一侧，同时顺势轻轻地向外拉扯胆囊。当病人身体继续侧翻至俯卧位时，一部分胆囊被扯了出来，紧接着再轻轻地扯、耸、抖钳子。最后在重力作用下，整个胆囊"噗"的一声滑了出来。这种侧身、扯、耸、抖的做法无比巧妙，应是洛夏医生独家原创。

术后，我由衷地对洛夏医生说："手术做得太好了，你真正把手术做成了一种艺术。"他点头道："在手术台上，我的头脑总是比平时更清晰。"我又问："你是怎么做到的呢？"他微笑着恳切地说："那是因为主的缘故。"

我后来得知，洛夏医生一到乌兰巴托就开始学习蒙语、俄语，几个月后便可以用蒙语看病、查房、讲课。蒙古国的病历是用俄文和拉丁文写的，各科医生们龙飞凤舞的字迹，他居然都看得懂。众人皆叹服。有一天，我问他是如何学习蒙语的。他马上找出一本英蒙对照的小册子《蒙古语学习》，说那就是他的教材，还要赠送给我。我追问："你是怎么学得那么好、那么快的呢？"他若有所思地微笑说："那是因为主的缘故。"

好几次，我们刚一忙完工作，洛夏医生就和蔼地问道："你们有时间吗？"如果大家有时间，他便说："那我们来讲点儿创世纪？"说完迅速从衣兜里掏出笔，顺手找到一块纸板，画下苹果树、蛇、亚当、夏娃……耐心地给众人讲解。有一天，我经过病房，看到他用蒙语给蒙古医生们讲圣经，看起来比谈论医学问题还要流畅自如。

2004早春，洛夏医生去南方大草原巡回医疗，给当地的牧民们做手术，归来时手提一张白狐狸皮，说是送给我们。蒙古医生们多是好猎手，常常相约出门打猎。大家七嘴八舌地围上来，有的说白狐是草原上最聪明的动物，最好的猎人也打不到；有的说猎人扣响扳机时，白狐就会察觉；还有人说白狐狸皮又厚又滑，子弹穿不透，须打中眼睛才行。翻开毛皮一瞧，果然白狐的左眼眶边上被打穿了。大家纷纷赞叹他的好枪法，围着他问："你的枪法怎么那么准呢？"他有些羞涩地笑答："啊，那是因为主的缘故。"

四月里，乌兰巴托仍是冰天雪地，白桦的灰色枝干反衬着天空的蓝光，空气中没有一丝绿意。领教了漫长的秋寒、冬雪、春冻后，任期已满的我即将离开此地。我穿着那件淡紫色的羽绒衣去向洛夏医生告别。原本我打算认真致谢一番，感谢他为了这遥远国度的病人所做的一切，然而谢意深重，最终只发出一句感慨："我见过的活着的基督徒中，最像耶稣基督本人的就是你了。"他听到后微微一震，笑容凝固在脸上很久，眼眸中渐渐闪现出星辰般的光亮。我不知道这话对一个真正的基督徒意味着什么，只是不由自主地道出了心声。

回国后，我日渐繁忙，只有在遇到疑难病症时才匆匆发个电子邮件向他请教，后来联系得越来越少，而后竟不小心遗失了他的电子邮箱。直到某天心血来潮，我上网查看他的消息，才发现他所在的教会发出的讣告。原来，洛夏医生已于 2010 年夏天病故，享年 63 岁，之前还经历了放疗和化疗的折磨。我无法想象他那样一个活鲜鲜的人如何经历这些，继而痛彻肺腑：“星陨朔方，天地失色，山海无光。”

近几年，我从网上得知，在他的家乡堪萨斯州，人们以洛夏医生的名义在孤儿院旧址上修建了一所新的儿童之家，照料无家可归的母子，以此永久地感念洛夏医生。看来有些生命自带着光亮，即使短暂栖居，也会在人世间长久地留下温暖和希望。

2015 年，我完成了一幅水彩画，勉力画下洛夏医生做手术的样子，背景是手术室及蒙古国连绵的山脉，同时配诗一首并译成英文，将其放进《诗意书画》一书中。2017 年初，我有幸联系到他所在的教会，把书辗转寄至他太太手中。犹记得与洛夏太太在乌兰巴托初遇时，发现她不仅精通神学、蒙语，连厨艺也很是了得。

洛夏医生[1]

你于 2010 年 5 月 26 日
宁静地走向你的天国
如此高贵的星座
至此在天边闪烁
而在北纬 47 度东经 107 度的乌兰巴托
曾被深情抚摸的《圣经》永在

1. 闵传清、胡冰霜：《洛夏医生》，见《诗意书画：闵传清、胡冰霜母女诗书画集》，成都，四川大学出版社，2015年，105页。

那本被诵读过的《蒙古语学习》永在

银光闪闪的手术器械 永在

天神一样的诊断和治疗风范 永在

温暖善意的微笑 永在

呕心沥血的日日夜夜 永在

怀抱着羊羔取暖的老人与孩子们 永在

整日里马帮的响鼻和声息 永在

荒草中白狐狸的美丽身影 永在

驼铃 马头琴 蒙古包的炊烟 永在

大漠 冻土 夜雪 白桦 永在

正如蒙古高原对你的敬意与思念 永在

No.14

海纳百川：黄原老师

美丽、善良、智慧都不稀罕。稀罕的是什么？至大至刚。没有刚强，美丽、善良、智慧都无法坚持。

在华西行医的岁月里，我对西方医学的尊崇几近于信仰。学海无涯，沉浮其间，冷暖自知。

1989年暑假，我与先生及几位读书的友人相邀去四川德阳什邡龙居寺，拜访黄原老师。龙居寺居横断山脉之尾，隐没在山中，是一处清凉世界。寺中桐柏高荫，天井里氤氲着荷叶的墨色，上有小青蛙跳来跳去，年轻的木匠在大殿里雕佛像。

我们在荷塘边上见到了黄老师。他身着灰色对襟短褂，正洗着长长短短一大把毛笔，洗完又逐一把笔尖挤干捋顺，整个人显得宁静、儒雅、睿智、喜悦。花甲之年的他回到川西故里广汉，潜心钻研书法、国画，希望能打开书画教育和交流的国际通道。

看见我们，黄老师说："你们来得正好，来看看刘老师写的字，她悟性好，写得不错。"从前，黄老师在四川美术学院教外国留学生时，刘老师一直担任英语翻译。刘老师对书法兴致颇高，因暑假后即将越洋求学，故临行前专门辟出两周时间来向黄老师学习书法之道。师徒二人住在龙居寺里，日日讲授和临习范本，如《泰山经石峪金刚经》《智永千字文》等。

黄老师生活充实，清晨画画，上午读书，下午教书或与人谈话。他博览群书，思想自由而敏锐，喜欢儒释道、哲学、历史、心理学、文学，也喜欢写诗（新诗旧诗均有涉猎）。他兴来之时神采飞扬，当即展纸挥毫，高山、远帆、流水落笔即是，行草笔法飘逸有情。我由此才知道，中国画可以画得如此富有诗意和神性，中国字可以写得如此自在和唯美。

黄老师常常感叹，中国的书画精英多是出家人，如智永、张旭、八大山人、石涛、渐江、弘一法师等，就连张大千也出过家。他推崇《泰山经石峪金刚经》，说那才叫至大至刚。他说，昆明西山有一尊菩萨刻得好，是佛教石刻的上乘之作。大家问好在哪里，他严肃地环视众人说："美丽、善良、智慧……这些都不稀罕。稀罕的是什么？至大至刚。没有刚强，美丽、善良、智慧都无法坚持。"

我们日日观摩师徒二人的进程，听黄老师逐字讲解《千字文》《金刚经》。他时常一边说着"金刚经要这样写"，一边悬肘站立，下笔时手微微颤抖，临摹出的字比字帖上的更为刚硬。一天，黄老师问我喜欢哪种书体，我说可能是草书，比如怀素的《自叙帖》、于右任的标准草书。黄老师点头道："草书好，韩愈说过，'忧悲、愉佚、怨恨、思慕、酣醉、无聊、不平，有动于心，必于草书焉发之。'"

黄老师随身带着很多画册，渐次给大家讲解了王维、石涛、渐江、黄宾虹等人的作品，还绘声绘色地为我们朗读孙过庭的《书谱》:“穷变态于毫端,合情调于纸上……岂知情动形言,取会风骚之意;阳舒阴惨,本乎天地之心。”

黄老师诲人不倦,刘老师专心致志,因此两周便写出了自己的草书作品。黄老师当即差人送下山去装裱,还给刘老师起了个优雅的笔名“兰汀”,也请人赶紧治印,一并送上山来。随后,三尺对开裱件送到,一张张草书虽略带生涩却别有意趣,那枚朱红方印“兰汀”尤为画龙点睛、让人赞叹。黄老师看了高兴得合不拢嘴,大声宣布:“我搞的是天才教育,速成速成,有教无类。”我先生在旁听到,便认为黄老师什么人都可以教。

最后一天傍晚,我们一行人在寺院后面散步。空山寂静,墨绿铺天盖地,黄老师侃侃而谈,聊及百年身世、家国沧桑、世界格局……走走停停,不觉暮色降临。行至一个垭口,浩荡野风吹起衣裾,我先生突发奇想道:“黄老师,胡医生也来做你的学生如何?”我心下大惊:医生不当了?铁饭碗不要了吗?

哪知第二天告别时，黄老师当众表示：“胡医生可以来做个入室弟子。”随后，他送我一些毛笔、宣纸、字帖，还嘱咐我：“我晓得你们做医生的都忙得很，能偶尔读读字帖就很好，经常来广汉走动走动，鸭子河边喝杯茶就对了。”

后来，我这学生果真是做成了，说来有些离奇，但标新立异又有何妨？从此，我走进诗、书、画这个全新的世界，与行医并驾齐驱、相得益彰。什邡龙居寺一行，决定了我新的思路和道路。

黄老师可谓“海纳百川，有容乃大”，尽显一代教育家的风范。

No.15

他山之石：彼得医生

那张画清晰地表达出我内心的感受。此后，我常反躬自省：眼下的处境清晰吗？我在等待吗？我束手无策、举步维艰吗？……

1990 年，我在华西医院精神科遇到从加拿大来访的彼得医生。他是犹太人，高额隆鼻，白大褂永远一尘不染，见到病人总会寒暄、握手、拥抱。无论是诊断、治疗还是教学、科研，他均采取极端精准的科学范式，全科上下一致称赞他比白求恩大夫还要模范。

某天，科里正式通知，彼得医生要给大家上最后一课，内容很重要，希望每个人都不要缺席。下午两点整，医生和护士们整整齐齐地坐在会议室里，准备聆听彼得的教导。彼得拿出一堆彩色的铅笔、水笔、蜡笔，以及白纸、橡皮擦、A4 纸，吩咐大家随意选择笔和纸，用二三十分钟画一幅画，画什么都行，画好后交给他，不用签名，他要给大家匿名点评。

我们面面相觑，不知道该怎么办，看他又不像是在开玩笑，只好硬着头皮画下去。面对眼前的白纸，我绞尽脑汁，枯坐了好一阵，终于拿起淡绿、淡蓝、淡黄、淡棕色的蜡笔，勉勉强强地在纸的左上方画下一丛竹林，在中间画上一座山丘，在右下方画了一个无手无脚、像不倒翁一样坐着的人。我画得模模糊糊，怀着歉意交了卷。

大家一共交上去 20 多张画，彼得医生逐一点评。

第一张纸上画着一棵清晰的大树，色彩鲜艳、枝壮叶阔、根系庞大，占据了大半张纸，树干上有三个大大的疤痕。彼得说，树一般可以直接代表画者本人，疤痕则代表创伤，从树的基底算起，树的高度就是画者现在的年龄。他大概比量了一下，然后让大家估计：如果画者现年 30 岁，这三个瘢痕分别发生在什么时候？最后，大家达成共识，认为三个瘢痕分别发生在3岁、6岁和11岁左右。此时，画者本人站起来说：“太准了！我3岁时由于得肝炎被隔离了一年，6岁时……”他激动地说完，坐下去后很久仍脸红气促。

大家有点儿目瞪口呆，看来彼得医生初战告捷。第二张是用钢笔画的一家人。彼得请作画者考虑：为什么某个人处在画面中心，而某个人在边缘？为什么有的人之间距离近，有的距离远？接着，他说：“画面中的物理距离可以提示心理距离，这些人在现实生活中的距离是否也是如此呢？我坐在后排，发现在座的一位男士坐立不安、脸红筋涨起来。

第三张画是一位女士的全身像。彼得说：“人像一般代表自己或重要他人。画上的成年女人为什么没露出一丁点儿性别迹象？一个人如果忽略性征，可能是性压抑，也可能是拒绝成熟。”

一张张画继续被展示和分析。有一张美女头像涂脂抹粉，很是妖艳。画如其人，我立即就猜出画者是谁。

彼得分析道："如果这画的是本人，画者显然有某种程度的自恋。当然，成熟的个体应当自恋和自我扩张。如果画的是别人，用这么多笔墨来刻画，那理应是画者的重要他人。此画性别张扬，而前面那幅画性征缺乏，二者恰好构成一种对比。"

台下的听众们一个个脖子发硬，如坐针毡，好似被点了穴道一般。彼得继续分析："有的画看得出擦了又画、画了又擦的痕迹，画者可以想想自己平时是否也有这样反复修正和否定的情况。有的画边缘加了文字注脚，这可能说明画者偏爱清晰表达，不喜欢被误解。有的人重复画了四五张，但张张都差不多，画者不妨想想自己平时是不是也喜欢重复相同的内容。"

我画的那张，彼得多次拿起又放下，直到变成最后一张。他看着画，有些迟疑地说："这张实在看不清楚，但我可以提几个问题，一是颜色为何这么浅淡，甚至有点儿虚无？可能画画时心理能量偏低。二是为何如此模糊？画者自己的处境清晰吗？最后，如果右下角画的是一个人，那他的手脚尤其是脚，究竟能不能动？他在等待吗？他束手无策吗？”我噤若寒蝉，牢牢记住了他的话和他严肃的表情。当时，我内心的迷茫是无意识的，那张画却清晰地表达出我内心的感受。此后，我常反躬自省：眼下的处境清晰吗？我在等待吗？我束手无策、举步维艰吗？……感谢彼得。

彼得走前，我带他去广汉见黄原老师。他俩相谈甚欢、极有默契，聊了精神医学、心理学、犹太文化、弗洛伊德、荣格……黄老师顺便给彼得起了个中文名字“培德”，然后挥笔写就一张飘逸的草书送给他：“寒雨连江夜入吴，平明送客楚山孤。”

后记

那些治愈我们的病

我与医学的缘起始于 20 世纪 70 年代。那时，我常常陪父亲看病，辗转于各个医院，直到他病情越来越重，几年后离世。当时的焦灼、恐惧、绝望今日依旧刻骨铭心。

1978 年，有幸至华西坝求学，我对西方医学的尊崇几近于信仰，学海无涯，唯愿能借希波克拉底之剑，以剑胆琴心鞠躬尽瘁。

1983 年，从医学院毕业，我希望自己的眼界能稍高于具体的器官和系统，故选择了一个视野广阔的学科——

精神医学，此后又自然而然地与心理学相遇。1992 年，受“大医学”概念的感召，我开始涉入预防医学。

1998 年，我在四川大学图书馆偶然读到钟肇政编译的《史怀哲传》[1]，相见恨晚。史怀哲 20 多岁完成了神学、音乐学的学业，30 岁开始学医，37 岁完成医学学业，然后靠在欧洲演奏管风琴筹款，40 岁时终于在非洲加蓬建立了史怀哲医院。他精通内、外、妇、儿、皮肤、传染、神经、精神等各科，兼任麻醉、手术、接生、检验、免疫等工作，还要负责建筑、种植、掘墓、筹款、后勤、管理、写作、研究等事务。虽然繁忙劳碌，他还是长出三头六臂，把医生、哲学家、神学家、音乐家的事业都做到了极致，晚年时甚至写出一本《中国思想史》。掩卷之余，我不由思考自己今生的各种可能性，于是自然地步入“全科医学”领域，后来渐行渐

1. 赫曼·格顿：《史怀哲传：爱与思索的一生》，钟肇政编译，台湾，志文出版社，1977年。

远，又有幸能至蒙古国行医，故今日才有此书付梓。

多年来，我外部的活动是行走于精神医学—预防医学—全科医学之旅，内心的轨迹则日复一日朝向更广阔、更本质的思路。

医学是一个广博、变迁、常新的学科，知与行永无止境。在医学史上，欧洲、印度、埃及、巴比伦、波斯、希伯来、中国的医学相映生辉。今日的医学思路更为多元。循证医学（Evidence-based medicine）用完整的证据来判断临床治疗的结果；转换医学（Translational medicine）将其他研究思路转换为临床治疗手段；整体医学（Holistic medicine）重回古典主义的风格，用整体性而非分析性的眼光来考虑全息的人……它们八仙过海，共同探究疾病痊愈的必然性与偶然性，探讨生活风格对健康和疾病的作用。晚近还有更多清醒而智慧的医者注意到了医源性疾病（Iatrogenic disease）、药源性疾病（Drug-induced disease）、过度医疗 (Excessive medical treatment) 等问题。

而今时今日，又有了新的遇见：精准医学正在依据病人个体的基因信息量身定制治疗方案；人工智能领域的专家系统、人工神经网络和智能机器人的技术思路，在诊断和治疗上渐渐显露出超越人类最优秀医者的端倪，其走向和可能性似在我们的想象力之外。对一个医者而言，这些遇见可惊、可叹、可贵。凡此种种，五光十色，唯观察与思考永未有穷期。

生命偶然、弥足珍贵，全科医学旨在“全息”地处理病人的具体情况，而心身问题在其中显然占有重要位置。解读一个人的身心犹如解读复杂的天书，从来就没有相同的副本。年复一年，我目睹着无数生命因信心、勇敢、坚韧、宽阔而得以继续，故对个体康复力、生命力的景仰连绵不绝。本书的主旨便是要展现这些希望和光亮。

处理精神医学的悲剧实属难中之难、重中之重，多年来我感同身受却仍不得其解，因果关系大多无法明辨，仅留下一点儿印象，诸多心得且待日后分解。

自蒙古国行医归来后，我的自我意识即与都市有些脱节，时而感到茫然、敷衍，甚至心生隔阂，想来确实有一部分魂魄永远留在了那些夜雪、冻土与白桦林之中。遥望北地而书，蒙古行医占了本书部分篇幅。

当然，居近水楼台的亲友，因情节较完整，故也多有记载。

行医多年，深知生死如昼夜，个体在世的分分秒秒均无比珍贵，唯有向死而生的意志会使生命变得更为美丽、宽广。因为信任和期待“唯美”具有的治愈性，我也尝试过借绘画治疗这种全新方式来了解和治疗心身疾病。

2010 年，我开始撰写此书，后来越写越无法为继。因为任何一个题目，比如过敏性疾病、益生菌缺乏等，都可以随时看到很多最新的研究进展，遍及病因、病理、症状、体征、治疗、预后等方面，况且国内外相关教科书、专著、论文早已浩若烟海，我这短短几百页文字意义何在呢？写还是不写？十分纠结。有一天，我读到社会学家李景汉的《定县社会概况调查》一书。他把90年前河北定县乡村的旧事，如庄稼、天气、洋碱、洋火、洋马等，都详细记录在案，今日看来仍很有价值，可见纪实性的个人经验也很珍贵。于是，我又提起笔，尽力排开杂念，只求忠实还原当时的情景。

我行医的生涯基本是“短打人生”，写下来的也只能算是“医林外史”，且有意要写40年“目睹之怪现状”，故常识性的、教科书上有的东西便不赘述。书中记人、记病、记事的情形皆有，头绪较多，只好勉强以故事的名称编排。

“知也无涯”，唯有真诚、真实方能接近真相，所以我尽量搜尽枯肠、穷思极虑地还原故事本身。清夜内省，深知盲人摸象、管中窥豹在所难免，故忐忑汗颜。本书若能抛砖引玉，为后来者派上一丝用场或增加一点儿念想也是好的。再不然，能博读者会心一笑，也算对得起那些逝去的江流。

伴随自然科学的进步，现代西方医学的发展日新月异，甚至个体生命的永恒问题都提上了议事日程。但医者仍可以拥有智慧、灵活、通达的行医风格，因为存在的本来面目应是如此：即使面对死亡，也不得不“诗意地栖居”。

今生有缘，与众多同道们过从，他们辛劳、坚毅、智慧、仁慈而灿若星辰，在此致以敬意。

作为天地万物之灵，人类每一个个体都甚复杂，医者个人经验无法放之四海而皆准，也难以重复和模仿。万望读者反复质疑、斧正、推敲、比较，而后有自己审慎、周全的判断和思路。在此致谢有缘读者。

胡冰霜

2017 年 11 月
成都望江楼

图书在版编目（CIP）数据

与病对话：全科医生手记 / 胡冰霜著. -- 北京：北京联合出版公司, 2019.3（2021.10 重印）
ISBN 978-7-5596-2889-3

Ⅰ. ①与… Ⅱ. ①胡… Ⅲ. ①散文集－中国－当代 Ⅳ. ①I267

中国版本图书馆CIP数据核字(2019)第013310号

与病对话：全科医生手记

作　　者：胡冰霜
策　　划：乐府文化
特约策划：虫　虫
责任编辑：张　芃
特约编辑：信宁宁
书籍设计：唐　旭
出版发行：北京联合出版有限责任公司 /北京联合天畅文化传播有限公司
社　　址：北京市西城区德外大街83号楼9层
邮　　编：100088
电　　话：(010) 64243832
印　　刷：北京美图印务有限公司
开　　本：787mm×1092 mm　1/32
字　　数：120千字
印　　张：10.25
版　　次：2019年3月第1版
印　　次：2021年10月第4次印刷
书　　号：ISBN 978-7-5596-2889-3
定　　价：52.00元